「私はダチュラ。
この地に魔神を封印した
ルーン魔術師の一人よ」
偉大な功績を残し、
世界を救った英雄が……
私たちを出迎えてくれた。

「【ᛟ《オースィラ》】」
有する意味は遺産、土地。
ここには四千年の歴史が
眠っている。
「【ᛜ《イングズ》】」
意味は神。この地に
封印された魔神の
存在を意味している。
「【ᛉ《アルギズ》】」
防衛、擁護……すなわち、
この地を災厄から
守護するために
存在するという意味、
遺跡そのものを指し示す。

最後に……
馬の意を持つルーン文字。
馬は運ぶ者、封印されし
災厄に挑む者たちを、
四千年の歴史が詰まった
地へ運ぶ。
「ᛖ《エフワズ》！」
ルーンによって独りでに、
重く硬い扉はゆっくりと
開かれる。

「大事に……か」
二人だけになった部屋で、アレクトスは眠るメイアナの額に触れ、髪をさらっとなでるようにして、彼女の顔を見つめる。

ルーン魔術だけが取り柄の不憫令嬢、天才王子に溺愛される

～婚約者、仕事、成果もすべて姉に
横取りされた地味な妹ですが、ある日
突然立場が逆転しちゃいました～

2

SORA HINOKAGE
日之影ソラ
ILLUST. 眠介

口絵・本文イラスト　眠介

CONTENTS

プロローグ✦ルーン魔術師の一日

ルーン魔術《まじゅつ》は時代遅《おく》れ。

どんな技術も、知識も、次代の流れと共に変化し、進化していく。

人々が学び、培《つちか》い、よりよい形へと最適化される。古《いにしえ》の時代に生まれた魔術も、時代を重ねるごとに変化し、現代の形へと進化した。

ルーン魔術は古代の遺物だ。

遥《はる》か昔、まだ魔術という技術が一般的《いっぱんてき》には広まっていなかった時代に生まれた、いわゆる最初の魔術だと言われている。

歴史的に深い力ではあるけれど、現代においてそれは、文字通り前時代的だった。

テーブルに置かれたルーンストーン。

刻まれている文字に指をかざし、文字に宿った想《おも》いを読み取る。

「――【ᛋ《ソウエル》】」

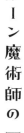

ルーンストーンが明るく輝《かがや》き始める。

刻まれしルーン文字【ᛊ】、その意味は太陽、光。眩《まばゆ》い太陽の輝きに似た光が、カーテンで区切られた部屋を明るくする。

「う、うーん……」

私は大きく背伸《せの》びをして、ベッドから起き上がる。

輝きが弱くなって足元が見えなくなる前に、ベッドから立ち上がり、閉め切ったカーテンに手をかける。

外は快晴、時間は朝。

東の空に輝く太陽が、燦燦《さんさん》と眩い光を放ち、寝《ね》ぼけた瞳《ひとみ》を大きく開かせる。

「眩《まぶ》しい」

ルーンストーンの光とは比較《ひかく》にならないほど大きくて、強い光に意識がハッキリと目覚めさせられる。

朝日が部屋を照らすと、ルーンストーンは役目を終えたように光を閉じた。

昨日のうちに準備しておいた着替《きが》えが、ベッドの横に畳《たた》まれている。

私は着替えを手に取り、朝の仕度《したく》を始める。

寝ぐせを解かし、身だしなみを整えて、歯を磨《みが》き、朝食も自分で作って軽く済ませる。

生活するために必要な設備は、この部屋に揃《そろ》っている。

一つ一つの設備も綺麗《きれい》で新しい。さすがは王城の一室。

そう、私はフェレス家を出てからずっと、殿下《でんか》の計らいで王城で暮らしていた。


メイアナ・フェレス。それが私の名前。

魔術師《まじゅつし》の名門フェレス家の次女として生まれた私には、魔術師の才能がなかった。

もっと正確に表現するなら、現代における優秀《ゆうしゅう》な魔術師の素質が、私には欠けていた。

代わりに備わっていたのは、ルーン魔術という時代遅れと呼ばれる術式を扱《あつか》う力だ。

現代では使い手も減ってしまい、ある意味希少になった技術ではあるけれど、珍《めずら》しいだけで特別だとは思われない。

時代遅れのルーン魔術にしか適性がなかった私は、フェレス家の落ちこぼれで、冷遇《れいぐう》されて生きてきた。

特に現代魔術の才能があったレティシアお姉様とは、ことあるごとに比べられていた。

お姉様はできるのに、どうして私にはできないのだ。

ルーン魔術なんていくら勉強しても、現代魔術には遠く及《およ》ばない。

私は一生、お姉様の陰《かげ》に隠《かく》れて、馬鹿にされながら生きていく。そんな暗くて悲しい未来しか、自分でも浮《う》かばなかった。

そんな私を見つけてくれたのが殿下だった。

あの日、殿下と出会い、話す機会を得られなかったら、今でも私はフェレス家で辛い日々を送っていたに違《ちが》いない。

殿下と出会い、殿下の下で働くことができる今を、私は誇《ほこ》りに思う。

ずっと自分が好きになれなかった。私なんてなんの取り柄《え》もなくて、お父様たちが言うように、役立たずの面汚《つらよご》しだと、自分でも思っていたから。

でも、殿下はこんな私を必要だと言ってくれた。

君の力が必要だ。だから、力を貸してほしい……そう言ってくれた。

心が震《ふる》えるほど嬉《うれ》しかったことを、時間が経過した今でもハッキリと覚えている。


着替えを終えた私は、大きな姿鏡の前に立つ。

宮廷《きゅうてい》魔術師の制服に身を包み、どこかおかしなところはないかチェックする。

「よし!」

身だしなみはバッチリだ。

殿下直属の部下であり、宮廷魔術師でもある私は、多くの人から見られる立場にある。

私が粗相《そそう》をすれば、殿下の評判が悪くなってしまう。

昔よりも身だしなみや、他人からどう見られるかを気にするようになった。

臆病《おくびょう》になったわけじゃない。ただ、殿下に迷惑《めいわく》をかけたくない。それだけだった。

朝の仕度を終えた私は部屋を出る。

部屋を出てすぐ、見張りをしている騎士《きし》の方と視線が合った。

「おはようございます」

「おはようございます。メイアナ様」

私の挨拶《あいさつ》に、騎士の男性も丁寧《ていねい》に応えてくれた。当たり前のことだけど、私は嬉しかった。

「今朝もお早いですね」

「そんなことはありません。皆《みな》さんのほうがずっと早起きじゃありませんか」

「我々はこれが仕事ですので。本日はどちらに？」

「騎士団《きしだん》隊舎に顔を出してから、殿下のところに行く予定です」

「そうですか。皆様《みなさま》にもよろしくお伝えくださいませ」

「はい」

ここで暮らし始めた頃《ころ》は、今とは違う意味で視線にビクビクしたり、話しかけられるとドキッとしてしまった。

さすがに慣れてきて、こうしてたわいない会話ができるようになったのも、一つの成長だと思っている。

私がここでの生活に馴染《なじ》んだように、王城で働く人々も、私が暮らしているという状《じょう》況《きょう》を当たり前だと思うようになってきたようだ。

王城の中を歩いていても、変な目で見られることはない。

そういう小さな変化もあって、自分にとって安心できる場所だと、身体が覚えてくれたことも大きいだろう。

とてもいい変化だ。

フェレス家を出た時は、正直ちょっぴり不安もあった。

曲がりなりにも生まれ育った家を出て、一人で生きていくことを選択《せんたく》したのは私だ。

自分で決めたこと、覚悟《かくご》していたことでも、不安がないわけじゃなかった。

上手《うま》くやっていけるだろうか。

今までフェレス家に、お父様たちに守られていた部分も少なからずある。自分の一人の力で、貴族として、魔術師としてこれから……。

そんな不安が今でもあるけれど、殿下や他のみんなが一緒《いっしょ》にいてくれる。そう思うだけで、臆病な私の心は安らぎを感じる。

自分でもわかりやすくて呆《あき》れてしまいそうだ。

それを嫌《いや》だとは、一切《いっさい》思わないけど。

◇◇◇

騎士団隊舎に足を運んだ。

王国が誇る最高戦力、騎士団の総本部だ。まだ朝早いというのに、今も訓練する騎士たちの掛《か》け声が外まで響《ひび》いている。

魔術は強力で、派手な力ではあるけど、万能《ばんのう》というわけじゃない。最適な形へと進化した現代魔術であっても、万能にはまだまだ遠い。

だからこそ、騎士たちの力は国を支えるために必要不可欠だった。剣術《けんじゅつ》、槍術《そうじゅつ》、弓術《きゅうじゅつ》、体術……肉体を鍛《きた》え上げた者が勝る部分もたくさんある。

国や人々の生活は、魔術の発展と共に変化してきた。しかし、長い歴史の中で人々の生活を支えたのは魔術の進化だけじゃない。

騎士や兵士、魔術を使えない者たちもまた、国を支える大切な要素の一つ。人類を支え守護する者たち、それが騎士だ。

私がそう思えるのは、騎士団の中に、本当の意味で人類の砦《とりで》と呼べる存在がいるせいかもしれない。

噂《うわさ》をすれば、人類の代表の声が聞こえてくる。

「助けてくださーい！」

とても情けない声だけど、彼《かれ》らしくもある。

小柄《こがら》な少年は騎士団隊舎から逃《に》げるように走り出し、ちょうど隊舎へと向かっていた私に気づいたらしい。

全力で方向転換《てんかん》をして、私のほうへと駆《か》け寄ってくる。

「メイアナさん！」

「おはよう。シオン君」

「おはようございます！　じゃなくて！　暢気《のんき》に挨拶なんてしている場合じゃないんですよ！」

彼はシオン君という、騎士団に所属する騎士の一人であり、聖剣《せいけん》に選ばれし勇者様……なのだけど……。

「助けてください！　化け物がこっちに来るんです！」

彼は私の服の袖《そで》をガシッと掴《つか》み、涙目《なみだめ》になりながら助けを求めてくる。

年上とはいえ、女性の私に本気で助けを求めているところは、とても皆が想像するような勇者様には見えない。

けれど、彼は紛れもなく勇者だ。

勇者とは——聖剣に選ばれし者のことを指す。長い王国の歴史の中で、幾度《いくど》も耳にする名前でもあった。

彼らは等しく英雄《えいゆう》だった。時に大戦を勝利に導いたり、人々の安全を脅《おびや》かす巨悪《きょあく》を退ける正義の守護者となる。

力なき者には安らぎを、共に戦う仲間には勇気を与《あた》える存在。故に……勇ましき者と呼ばれる。

望んでなれる存在ではない。

聖剣に選ばれるということは、天の声を聞くということ。天には神々が住んでいると言われていて、聖剣は、神々の代行者に与えられる。

天にいるが姿は見えない神様に選ばれた人間だけが、聖剣を握《にぎ》る資格を得る。

ルーン魔術の希少性なんて、勇者の存在に比べたら霞《かす》んでいる。

勇者はその時代に一人しか現れない。本当に特別な存在だ。だからこそ、多くの人々が期待し、勇ましき姿に憧《あこが》れる。

もっとも……。

「お願いします！　あの怪物《かいぶつ》からボクを助けてください！」

「シオン君……」

涙目で情けない勇者様の姿を人々が見たら、きっと盛大《せいだい》に幻滅《げんめつ》するだろう。

「怪物って……また訓練に誘《さそ》われたんでしょ？」

「あれは訓練なんかじゃありませんよ！　ボクが何度嫌《いや》だと言っても無理やり戦いを挑《いど》んでくるんです！」

「それだけシオン君の強さを認めているってことじゃないかな」

「ボクは強くなんかありません！　なのにもう……は！」

私より先に、シオン君は気配を察知して振《ふ》り返る。

騎士団隊舎の扉《とびら》を豪快《ごうかい》に開き、一人の大男が姿を見せる。右手には木剣《ぼっけん》を握り、シオン君を見つけた彼は、ニヤリと笑《え》みを浮かべる。

その姿、表情は確かに、獲物《えもの》を見つけた飢《う》えた獣《けもの》のようだと思った。

「やっと見つけたぜ！　シオン！」

「ひぃい！　来ないでくださいよ！」

「やっぱりカイジンさんだったんだ」

この大柄《おおがら》で筋肉質な男性はカイジン。

見た目は野蛮《やばん》な人だけど、彼も一応は騎士団に所属している騎士の一人だ。といっても、彼は正式な騎士ではない。

形式上、騎士団に席が用意されているというだけで、彼自身は騎士じゃない。

彼との出会いは、殿下とシオン君と一緒に赴《おもむ》いた盗賊《とうぞく》退治だった。

大規模な盗賊退治の任務に向かった私たちは、たった一人で盗賊と戦い圧倒《あっとう》していたカイジンと出会った。

悪い盗賊たちを倒《たお》してくれているのだから、カイジンは悪い人ではないだろう。

ただ、善意から盗賊を倒しているわけじゃなかった。

彼の目的は強くなること。それ以外のことはどうでもよくて、盗賊と戦っていたのも、自分の腕《うで》を試《ため》せる相手を探し求めていたからだった。

そんな彼が実は辺境の貴族の出身だったり、一緒に遺跡探索《いせきたんさく》に向かう仲間になるなんて、出会った直後は思いもしなかった。

短い時間だけど関わって、彼がどういう人間なのかわかるようになって、彼に対する恐怖《きょうふ》や不安は一切なくなっていた。

「お、メイアナじゃねーか」

臨戦態勢だったカイジンが、私に気づいて剣《けん》を下ろす。その隙《すき》に、シオン君は隠れるように私の後ろに回った。

「なんだ？　お前も朝練でもしに来たか？」

「いえ、皆さんに挨拶をしに来ただけですよ」

「はっ、毎朝欠かさず挨拶に来るって、お前も律儀《りちぎ》な奴《やつ》だな」

「たくさんお世話になっていますから。それに、シオン君たちの様子も見に来たんです」

私は後ろに隠れているシオン君に視線を向ける。

「わ、わざわざ毎日来てくれて、ありがとうございます」

「ううん、私もみんなと話すのが楽しいから」

「そ、そうですか」

「おい、シオン。いつまでメイアナの後ろに隠れてやがるんだ？」

「ひぃ！　せ、せっかくメイアナさんが来てくれたんですよ？　もっとお話でもしましょうよ！」

「あん？　んなもん戦いながらでもやれんだろうが！　むしろ剣で語ったほうが手っ取り早い時もあるんだぜぇ？」

「や、野蛮すぎる……」

戦いたくないシオン君と、シオン君と戦いたいカイジンの追いかけっこは今も続いている。私を中心にぐるぐる回り、シオン君が逃げ、カイジンが追いかける。

目の前でやられると、目が回りそうになるからやめてほしい。

「ったくてめぇは！　毎日毎日逃げやがって！」

「こっちのセリフですよ！　毎日ボクにばっかり訓練相手を頼《たの》まないでください！　他にもいっぱいいるじゃないですか！」

「あん？　馬鹿かよてめぇは！　訓練だろうが強い奴と戦わなきゃ意味ねーだろ？」

「つ、強い人ならいるじゃないですか」

「あのなぁ、剣でお前より強い奴なんざ、騎士団にはいーねんだよ」

乱暴な口調だけど、カイジンはシオン君の実力を高く評価している。強さを求めて家を飛び出し、戦い続けてきた彼が、殿下の下で働いている。

魔神《まじん》への興味もあるだろうけど、それ以上に、自分と対等に戦える存在を見つけられて、彼も嬉しいのだろう。

私にはそういう気持ちはわからなかったけど、カイジンの戦う姿を何度か見ていると、何となくわかるようになってきた。

「おら、さっさと剣を抜《ぬ》きやがれ」

「う、嫌です」

「まだ言いやがるか！　だったら力ずくだ！」

「ひぃ！　乱暴はダメですよ！　というか他の皆さんも見ていないで助けてくれませんか！」

周りには見物人の騎士たちが集まってきていた。

いつものことだから、私もあまり気にしなくなっていた。シオン君が助けを求めるも、騎士たちは笑って首を振る。

「ムリムリ。お前以外相手にならないって」

「頑張《がんば》れシオン。ここから応援《おうえん》しているからなー」

「薄情者《はくじょうもの》しかいない！」

「うだうだ言ってねーでかかってこい！」

「誰《だれ》でもいいから代わってくださいよー！」

シオン君は涙目になりながら走り回っている。カイジンの身体能力は獣並みで、逃げるだけでも簡単じゃない。

弱腰《よわごし》だけど、逃げ続けられていることがシオン君の身体能力の高さを物語っていた。

もっとも、身体能力ではカイジンに勝てない。

本気になったカイジンが、シオン君を捉《とら》える。

「捕《つか》まえたぜ」

「うぅ……なんでボクばっかり……」

「嫌ならいいぜ？　そん時は――」

カイジンが視線を向けたのは私だった。

「仕方ねぇ。別の奴に相手をしてもらうしかねーな」

「――!?」

シオン君もカイジンの視線に気づいたらしい。

シオン君が拒否《きょひ》し続けるなら私と戦うつもり、という意思表示だった。

ただ、直接目を合わせている私には伝わっている。カイジンには私と戦うつもりがないことを。

あくまでシオン君を挑発《ちょうはつ》するための演技だった。

「それはダメです」

「へぇ、だったらどうするんだ？」

「……はぁ、もう……」

諦《あきら》めたようにため息をこぼし、シオン君が聖剣を抜いた。

「一回だけですよ」

シオン君の視線が、雰囲気《ふんいき》が一変する。普段《ふだん》は頼《たよ》りない彼だけど、一度聖剣《ひとたびせいけん》を抜けば、立派な勇者の風格を纏《まと》う。

カイジンは歓喜《かんき》したように笑みをこぼし、木剣を投げ捨てる。

「よこせ！」

観戦している騎士の一人が、どこからかカイジンが愛用している大剣《たいけん》を担《かつ》いで持ってきて、カイジンに投《な》げ渡《わた》す。

ここまではお決まりの流れ過ぎて、観戦する騎士たちも段取りを理解していた。

大剣を握ったカイジンは嬉しそうに笑みを浮かべながら、聖剣を構えるシオン君と向かい合う。

「手加減するんじゃねーぞ？　怪我《けが》するぜ」

「こっちのセリフですよ」

こうなったらもう、後は落ち着くまで戦うだけだ。

私の声も、観戦する騎士たちの存在も、今の彼らには届かないだろう。

「さてと、私はそろそろ行こうかな」

挨拶は終わったし、いつものやり取りも見ることができた。満足した私は二人に背を向けて歩き出す。

背後で剣と剣がぶつかる音が響いていた。

本日は晴天。日常を感じながら、私は殿下がいる執務室《しつむしつ》へと向かう。

◇◇◇

騎士団隊舎を後にした私は、王城へと戻《もど》り、一人で廊下《ろうか》を歩いている。

通り過ぎる人と挨拶を交《か》わして、殿下の元へ向かう途中《とちゅう》、何やら通りかかる人たちから緊張《きんちょう》を感じとる。

なんとなく予想しつつ廊下を歩いていると、曲がり角を曲がったところで、バッタリと遭遇《そうぐう》してしまった。

「……メイアナ・フェレス」

「リージョン殿下！」

リージョン・デッル第一王子。アレクトス殿下の三つ年上、王位継承権《けいしょうけん》を持つ人物。かつて遺跡調査の権利をかけて対峙《たいじ》した王子様と遭遇して、思わず動揺《どうよう》する。

顔を合わせた私たちは、数秒無言のままその場で立ち尽《つ》くした。

「アレクのところに向かう途中か？」

「は、はい！」

「そうか」

「……」

また無言の時間が流れる。

正直、この人はあまり得意ではなかった。

一度対立したからでもあるけど、交流する機会が少なかったり、アレクトス殿下とは性格が異なることもその理由だ。

一番は、リージョン殿下とアレクトス殿下が、あまり仲がよくないように見えること。

「リージョン殿下はどちらにいらしていたのですか？　この先には……」

「……」

この先にあるのは殿下の執務室くらいだ。

リージョン殿下が歩いてきた方向から考えて、もしかしてと想像する。リージョン殿下はバツが悪そうに目を逸《そ》らす。

「えっと……」

「……アレクのところに行っていた」

やっぱりそうだったんだ。

リージョン殿下も、アレクトス殿下のことが心配なのだろう。と、心の中で思っていると、それを見透《みす》かしたように彼は否定する。

「勘違《かんちが》いするな。別に、心配していたわけじゃない」

「……」

「ちゃんと仕事ができるか様子を見に行っただけだ。病《や》み上がりの癖《くせ》に、普段通りの仕事をしようなど……」

「……やっぱり」

心配してくれている。

二人の王子は仲があまりよくないと言われている。実際、仲睦《むつ》まじい兄弟《きょうだい》というわけではないだろう。

対立することもある。けれど、憎《にく》み合っているわけじゃない。

これは私の妄想《もうそう》で、実際はどうなのかわからない。そうであってほしいと私が思っているだけだ。

リージョン殿下が遺跡調査の権利をかけて争ったのは、自分のことを顧《かえり》みないアレクトス殿下のことを、弟のことを心配して……かもしれない。

リージョン殿下はため息をもらし、歩き始める。

通り過ぎざま、彼は私に言う。

「伝えておけ。もし倒れるようなことがあれば、俺《おれ》が代わりに遺跡を調査してやるとな」

「はい。伝えておきます」

その不器用な優《やさ》しさが嬉しくて、私は思わず笑顔《えがお》になる。

「ありがとうございます。リージョン殿下」

「ふんっ、生意気なやつだ」

そう呟《つぶや》き、リージョン殿下は私に背を向けて歩き去っていく。

彼のことは得意じゃない。けれど、憎めないとも思う。ただ、もう少し素直《すなお》に、仲良くしてくれたらもっといいのに。

なんて、思う資格は私にはないだろう。

兄弟仲について、姉妹《しまい》でも上手くいっていない私には、何も言えない。

あの日、遺跡調査をかけて戦って以来、レティシアお姉様とは会っていない。

意識的に避《さ》けていたわけじゃない。ただ、会う機会に恵《めぐ》まれなかった。

お姉様は宮廷《きゅうてい》で働いている。私も足を運ぶ機会はあるから、一度くらいは顔を合わせてもいいのだけど……。

「避けられている……のかな」

たぶん、お姉様のほうが顔を合わせたくないのだろう。

そう思うくらいまったく会わないのは、逆にお姉様が私を避けている証拠《しょうこ》でもあった。正直有難《ありがた》いと思ってしまう。

私も、お姉様と会って、何を話せばいいのかわからない。

あの日、珍しく感情的になった私は、お姉様に今まで思っていたことを吐《は》き出した。我ながら酷《ひど》い悪態をついたと自覚している。

それでも、よかったとも思う。

ずっと堪《た》えて、溜《た》め込《こ》んでいた感情を、ようやくさらけ出すことができて、スッキリした部分もある。

今のお姉様がどう思っているのか。

何を考えているのかはわからないし、知りたいとも思わない。ただただ、この先一生、分かり合うことはできないだろうと思っていた。

リージョン殿下と出くわしたことで少し遅れて殿下の執務室前に到着《とうちゃく》する。

トントントン、と、ドアをノックした。

「メイアナか？」

「はい」

私が声を出す前に、殿下は私だと気づいてくれた。

最近はいつも、この時間に顔を出すようにしているから、覚えてくれているのかもしれない。

些細《ささい》なことだけど嬉しくて、気分が晴れやかになる。

「入っていいぞ」

「失礼します」

私は扉を開ける。殿下は執務室にある大きな机と向き合っていた。

机の上には山盛りの書類があって、殿下の忙《いそが》しさを物語っているようだ。

昨日も見た光景だけど、たぶん昨日よりも書類の量が増えている。

殿下はテキパキと仕事を進めている。サボっているとは思えないから、きっと純粋に増えたのだろう。

「おはよう、メイアナ」

「おはようございます。殿下」

殿下は私を見ると軽く微笑《ほほえ》み、仕事の手を止めた。

「今日の調子はどうだ？」

「いつも通りです」

「そうか。ならいい。シオンたちのところに行ったんだろう？」

「はい」

「どうだった？」

「相変わらずです。シオン君がカイジンさんの相手をしてくれています」

「そうか」

殿下にも二人のやり取りが想像できるのだろう。私が答えると、楽しそうに笑ってくれた。

殿下はいつも、私やシオン君たちの体調を気遣《きづか》ってくれる。だけど今、一番気遣うべきは私たちじゃなくて……。

「殿下、お身体のほうは？」

「見ての通り元気だ。もう完全に回復しているよ」

殿下は椅子《いす》から立ち上がり、身体のどこも悪くないことをアピールするように、腕を大きく回す。

リージョン殿下との対立で、私たちは遺跡調査の権利をかけて戦った。リージョン殿下はアレクトス殿下に対抗《たいこう》するために、炎《ほのお》の魔剣《まけん》を持ち出していた。

その魔剣が暴走し、リージョン殿下を巻き込み爆発《ばくはつ》しそうになったところを、アレクトス殿下は庇《かば》うように救った。

その結果、アレクトス殿下が怪我をしてしまった。割と大きい怪我で、炎による火傷《やけど》も酷かった。魔術師や医者、薬師の方々の尽力《じんりょく》もあり、今ではすっかり回復している。

火傷の痕《あと》も、じっくり観察しないとわからない程度だ。

「この痕もいずれなくなるそうだ」

「よかったですね」

「ああ。だから、俺はもう平気だと言っているんだがな……」

お医者様には、まだ激しい運動や身体に負担をかけることは禁止されている。

数日安静を言い渡された殿下はちょっぴり不服そうだった。

気持ちはわからなくもないけれど、無理は禁物だ。表面上の傷は治っても、万全《ばんぜん》の状態に戻るには時間がかかる。

いかに現代最高の魔術師と呼ばれる殿下でも、その身体は脆《もろ》い人間のものだから。

「お医者様の忠告は聞いたほうがいいと思います」

「わかっているよ」

と、口では言っているが、やっぱり納得《なっとく》していない、という気持ちが薄《うっす》らと見える。

「だからこうして、今やれることをしているんだ」

「休んでいても誰も怒《おこ》らないと思いますが……」

「俺がじっとしていられないんだ。本当なら、すでに遺跡の調査を始めていた。俺が万全ならな」

殿下は申し訳なさそうに目を瞑《つぶ》る。

遺跡調査のメンバーには当然、殿下も入っている。殿下が万全に戻るまで、お医者様の許可が出るまで、探索《たんさく》はお預けだ。

そのために協力してくれているカイジンや、毎日カイジンの相手をさせられているシオン君、そして私に、申し訳ないと思っているのだろう。

「お気にならさないでください。殿下のお身体が一番です」

「メイアナ……」

誰も、無理をしてまで頑張ってほしいなんて思っていない。シオン君やカイジンだってそうだ。

それから、リージョン殿下も……。

「そういえば、先ほどリージョン殿下とお会いしました」

「ん？　そうか、入れ違いか」

「はい。何かお話をされていたのですか？」

「別に大したことじゃないさ。体調を聞かれて、この仕事を置いていかれた」

どさっと並べられている書類の山。どうやら増えた分は、リージョン殿下の置き土産《みやげ》だったらしい。

まさか……嫌がらせのために仕事を押《お》し付けて帰ったんじゃ……。

「まったく、どの道、これが終わるまでは動けないな」

「……！」

殿下は呆れてため息をこぼしている。

私は直感する。リージョン殿下は私より、アレクトス殿下の性格を知っている。ダメと言われても、余裕《よゆう》があれば動いてしまいそうな性格を。

無理をさせないように、書類仕事でアレクトス殿下を縛《しば》って、少しでも休ませようとしている？

そんな回りくどい方法を考えるだろうか。でも、何となくリージョン殿下《でんか》なら、そういうことを考えそうだ。

ルーン魔術《まじゅつ》を勉強し、いろんなルーンを扱うことで、私はたくさんの感情に触《ふ》れてきた。そのおかげか、他人の感情を分析《ぶんせき》したり、感じ取ることが上手くなった気がする。もちろん、わからない人もいるし、わかりたくない感情もあるけれど。

これも、ルーンの魔術師だからこそ培《つちか》われた感情の経験値というものだ。

もっとも、この量の書類は……。

「さすがに今日中には終わらないな」

「私もお手伝いします」

「いいのか？」

「はい。手は空いておりますので、殿下がご迷惑でなければぜひお手伝いさせてください」

「ああ、助かるよ」

私は書類の一部を渡され、殿下の執務室でお手伝いをすることになった。

シオン君やカイジンが剣の訓練をしている間、私だけ何もしないというのは、さすがに心がモヤモヤする。

「殿下、探索前に必要なものはありませんか？」

「特にない。大体のものはこっちで用意できる」

「そうですか……」

「無理して仕事を見つけなくてもいいんだぞ？　メイアナはとっくに、大事な役目を果たしてくれているんだからな」

殿下はやさしくそう言ってくれるけど、私はちょっぴり不満だった。

ルーンを解読し、遺跡の場所を見つけ出し、遺跡に入るための鍵《かぎ》を使えるようにした。

殿下のおっしゃる通り、私にできることはすでに終わっている。

探索前にやっておくべきことは済ませてあった。だから、私がすべきことは特にない。

わかってはいるのだけど、モヤモヤする。

「働き者なのは感心だが、無理をして倒れても困るぞ？」

「……はい」

「まぁ、俺が言えることじゃないか。お互《たが》い様《さま》だな」

そう言って殿下は笑う。

私と殿下はそういう部分でよく似ているらしい。無自覚に無理をしたり、じっとしていられない性格は、今後も変わらないだろう。

それでいて、他人が無理をしていると心配したり、代わってあげたいと思う。

そんな私たちだから、こうして一緒に仕事をしているくらいがちょうどいいのかもしれない。

お互いに無理をせず、支え合える関係なら……。

「メイアナが一緒だと、書類仕事も捗《はかど》るな」

「ありがとうございます」

「お世辞じゃないぞ？　本気でそう思っている」

「はい」

殿下は心から感謝してくれている。そんなことは、これまでの関わりでわかっている。褒《ほ》められるのが恥《は》ずかしいのは、今も変わらないけれど。

私はルーンストーンを使って書類の仕分けをしたり、誤字がないかチェックをしたり、手元を明るく照らしたりしていた。

その光景を見ながら、殿下は続ける。

「ルーン魔術、使いこなせるようになったら便利な力だな」

「そうですね。便利です」

そう思えるようになったのは、実は最近だったりする。

ルーン魔術の神髄《しんずい》は、ルーンにどんな思いを刻《きざ》み込むか。そして誰が、どんな思いを残したのかを知ることだ。

ルーン魔術は簡単だと思われがちだ。

その一番の理由は、ルーン文字の数が二十四しかないということだ。そう、たった二十四文字しか存在しない。

だからこそ、難しい。

一つ一つの文字には意味がある。

例えば、朝目覚めた時に使った【ᛊ】《ソウエル》、有する意味は太陽、光だ。

その意味から複数の解釈《かいしゃく》を導き出すのが、ルーン魔術の神髄とも言える。

太陽は熱を持ち、温《ぬく》もりを与える。だから温度を急激に上昇《じょうしょう》させる効果を齎《もたら》すことができる。

他にも、太陽は大自然にとって母なる光であり恵みだ。

植物の成長を促《うなが》す効果を発揮することも、術師の解釈次第《かいしゃくしだい》では可能となる。

こんな風に、一つの文字に宿る意味から複数の解釈が生まれ、さらには魔術師《まじゅつし》の感情、経験なども要素に含《ふく》まれる。

大切なのは想像力と、共感性だ。

ルーン魔術を行使するためには、自分でルーンを刻むか、他人が刻んだルーンを解読しなくてはならない。

他人の心、考え方、感情を理解しなければならない。

簡単じゃないのは明白だ。

ルーン魔術に触れたことのある人なら、誰だってわかると思う。他人の心を理解するルーン魔術は難しく、奥《おく》が深いと。

私もまだまだ未熟者だ。それでも、少しずつわかるようになってきた。

ルーンに刻まれた思いも、何を願い、何を望むのかも。

「日常生活にルーンを活用する……昔の魔術師はそうしていたんだろうな」

「そうかもしれませんね」

「だとしたら、現代はむしろ退化しているのかもしれないな」

「どうでしょう。便利になったのはいいことだと思います」

誰でも魔術に触れられるようになって、日常生活にも魔導具《まどう》が使われるようになった。

ルーン魔術は所詮《しょせん》、個人と個人を繋《つな》ぐための力だ。

そういう面では、簡略化され現代に溶《と》け込んだ魔術のほうが、進化しているという評価も妥当《だとう》だと思える。

「どっちも優《すぐ》れていて、どちらにも利点があるだけだと思います」

「その通りだな」

現代最高の魔術師は呆《あき》れたように笑う。

この世界に、殿下より優れた魔術師は存在しない。自他ともに認める現代のトップだけど、彼もルーン魔術は使えない。

だからこそ、私を見つけてくれた。私に注目してくれた。

長く劣等感《れっとうかん》を抱いてきた私が、初めてルーン魔術師でよかったと思えたのは、殿下が私を求めてくれた瞬間《しゅんかん》だった。

単なる書類仕事の補佐だけど、こんなことでも殿下の役に立てるなら満足だ。


時間が過ぎて、夕刻になる。

殿下の机の上に置かれていた書類の山も整理され、すべて確認《かくにん》済みの状態になった。

「これで最後だな」

「はい」

最後の一枚を確認し終えて、山の一番上に置く。

殿下は大きく背伸《せの》びをして、肩《かた》の力を抜くように息を吐く。

「やっと終わった。さすがに疲《つか》れる」

「お疲れ様でした。殿下」

「君もな。手伝ってくれてありがとう」

「いえ。お役に立てたなら何よりです」

「本当に助かったよ。メイアナがいなきゃ、今日中に終わらなかったな」

そう言って貰《もら》えるだけで心が温かくなる。

殿下と関わるようになってから、冷えきっていた心が温もりを取り戻して……呼応するように身体も軽くなった。

「さてと……」

ふいに立ち上がった殿下が、窓の外を見つめる。

外はオレンジ色の光に包まれていて、直《じき》に訪《おとず》れる夜を予感させる。殿下は振り返り、私に提案する。

「ちょっと外でも歩かないか？　いくら安静とはいっても、一日中座《すわ》ってるんじゃ不健康だろ？」

「ふふっ、そうですね」

殿下の言うことにも一理ある。

ずっと椅子に座って作業をしていたからお尻《しり》も痛くなっていた。私も遅《おく》れて立ち上がり、殿下の元へと歩み寄る。

「行こうか」

「はい」

そうして私たちは部屋の外へと出る。

特に目的があるわけではなく、何となくのお散歩だ。

私は殿下の隣《となり》を歩き、殿下は私に歩幅《ほはば》を合わせて歩いてくれている。そういう些細なことにも、殿下の優しさを感じる。

「そうだ。前に解読した石板の話、聞いているか？」

「どうかなさったんですか？」

「なんだ。まだ耳に入っていなかったのか」

私はキョトンと首を傾《かし》げる。

殿下が言っている石板とは、王都ではなく別の街にある遺跡の石板のことで、ルーン文字が刻まれている。

私はそれを解読することで、これから起こる魔神の復活や、魔神が封印《ふういん》された場所が王城のどこかにあることを突《つ》き止《と》めた。

「あの遺跡、徐々《じょじょ》に崩《くず》れ始めていたんだよ」

「そうだったんですね。確かに古い遺跡でしたから」

「ああ。補強してなんとか保っていたんだが、徐々に止められなくなってな。これ以上は危険だと判断して、埋《う》めることになった」

「埋めるんですか？」

「その予定だ。もし崩れると、地上の街にも影響《えいきょう》があるだろう？　だから埋めるほうが安全だと俺も思う」

「そうですね……」

歴史的な建造物だけど、街の人々の生活を考えると、確かにそうするしかなさそうだ。

大切なのは過去より、現代を生きる人々が幸せであること。その考えは正しいと思うけど、ちょっぴり寂《さび》しい気持ちになる。

私にとっても、あの場所は特別だった。

殿下に頼まれて、初めて殿下と一緒《いっしょ》に仕事をした場所で、私のルーン魔術が役に立った瞬間でもある。

あの場所がなくなってしまうのは、個人的には名残《なごり》惜《お》しい。

「埋める前に、石板を含め重要なものは運び出す予定だ」

「そうなんですか！」

「ああ、特に石板は大切だからな。距離《きょり》はあるが、王城まで運んで管理する予定だよ」

「なら、よかったです」

石板にはルーン文字で、過去に生きた一人の男性の想《おも》いが刻まれている。

私は解読することで、過去の光景を見た。

優秀《ゆうしゅう》なルーン魔術師だった男性が、平穏《へいおん》な生活から戦いに赴《おもむ》き、魔神を封印する。

断片的《だんぺんてき》な記憶《きおく》だったから、彼《かれ》が誰で、魔神がどんな存在だったのかハッキリとはわからなかったけど。

あの石板に込められた想いは、同じルーン魔術師である私だから感じ取ることができた。

思い出の品が大切に保管される。それを聞いて安心する。

「懐《なつ》かしいな。まだそんなに経《た》っていないはずなのに」

「そうですね」

あの頃《ころ》も、仕事を終えて一緒に夕日を眺《なが》める機会があった。

それまで私はいつも一人で、誰かに感謝されたり、求められたりすることもなく、無気力に、期待せず日々を送っていた。

一人で見る夕日は空《むな》しくて、あまり好きになれなかったけど……。

今はこうして、隣に殿下がいてくれる。

「綺麗ですね」

「ああ。夕日は好きだ。見ていて心が温かくなる」

「私もです」

そう思えるようになったのは、殿下と出会えたからだろう。もちろん、彼のおかげだけじゃない。

夕日の方角にある見知った顔が二つ、こちらに気づく。

「メイアナさん！　殿下も！」

「なんだ？　二人して散歩か？」

「まぁそんなところだ」

何となく歩いていたら、私たちは騎士団《きしだん》隊舎の近くに来ていたらしい。訓練を終えたシオン君とカイジンが、私たちに気づいて歩み寄る。

「お疲れ様、シオン君。汗《あせ》いっぱいだね」

「このおかしな人のせいです」

「あん？」

「聞いてくださいよメイアナさん！　この人全然休ませてくれないんです！」

プンプンお怒《いか》りなシオン君がカイジンを指さす。今さら気づいたけど、汗だくのシオン

君に対して、カイジンはケロッとしていた。

「カイジンは疲れていないようだな」

「このくらいで疲れるかよ。まだ数時間じゃねーか」

「それで汗一つかかないのは人間じゃないです。やっぱり化け物じゃないですか！」

「んだと？　だったら勇者様として対峙してみせろ」

「ひぃ！　もう今日は終わりじゃないですか！」

今日は？

咄嗟《とっさ》に出たシオン君の言葉に、カイジンも気づいたらしい。ニヤッと嬉《うれ》しそうに笑《え》みを浮《う》かべて、シオン君に言う。

「そうかそうか。んじゃ、また明日だな」

「いっ、あ、明日も……やるんですか？」

「当たり前じゃねーか。どうせ暇《ひま》だしな！」

「うぅ……殿下ぁ……」

シオン君は殿下に涙目《なみだめ》で助けを求める。

殿下は楽しそうに笑う。

「ははっ、楽しそうだな」

「楽しくありませんよ！」

「つーかよ。身体のほうはいいのか？」

「ああ、俺は問題ない。あとは医者の許可が下りれば……」

殿下が視線を向けた先は、この地下に眠《ねむ》る遺跡の入り口。噴水《ふんすい》の下に隠《かく》されていた秘密の通路。

私たちに与《あた》えられた最大の役割が、もうすぐ……。

「始まるわけだな」

「ああ。待たせて悪いな」

「まったくだぜ！　けどまっ、退屈《たいくつ》はしてねーよ。こいつのおかげでな」

「ちょっ！　頭掴《つか》まないでください！　痛いんです！」

シオン君とカイジン、性格的には正反対な二人だけど、毎日剣《けん》を交えることで、徐々に仲良くなっている気がする。

シオン君も、嫌《いや》だ嫌だと言いながら必ず付き合っているのも、気兼《きが》ねなく悪態をつけるのも、心を許している証拠だ。

見た目は全然似ていないけど、ある意味ではこの二人も仲のいい兄弟のような関係なのかもしれない。

「医者にはあと数日と言われている。そうなれば、いよいよ遺跡調査開始だ。心の準備をしておいてくれ」

「とっくにできてるぜ！」

「ま、毎日カイジンさんの相手をするよりは……マシ……ですか？」

シオン君は勇者として、カイジンは戦士として、殿下は魔術師として……そして私は、ルーン魔術師として。

それぞれの役割を持ち、支え合いながら遺跡を進む。

そんな未来で少しでも、私が役に立てるように。

「私も、できるだけ準備をしておきます」

「ああ。期待しているよ」

与えられた一日を、精一杯《せいいっぱい》生きていく。

前向きになった自分が、今は少しずつ好きになっていた。

第一章 ◆ 眠り姫の遺跡

今から四千年ほど昔の話。

世界は平和だった。豊かではないものの、人々は知恵《ちえ》と工夫《くふう》で日々の生活に潤《うるお》いをもたらし、手を取り合うことで生きていた。

ゆるやかに流れる時間の中で、大きな争いも起こらず、ただただ平穏に時間が過ぎ、誰《だれ》もが幸せを掴める時代。

しかし、悲劇は起こった。

災厄《さいやく》の象徴《しょうちょう》、魔神《まじん》が誕生してしまったのだ。

平和だった世界は一変した。

魔神の誕生によって、当時まだ数が少なかった魔物がいっきに勢力を拡大し、人々の生《せい》活圏《かつけん》を脅《おびや》かした。

魔物と比べて地力で大きく劣《おと》る人類は、数に頼《たよ》って戦うしかなかった。だが、いかに数が多かろうと、大型の猛獣《もうじゅう》を素手《すで》で屠《ほふ》ろうとするに等しい。

無謀《むぼう》な戦いだった。

人々は苦しみ、悲しみ、傷ついていった。多くの命が失われ、あわや絶滅《ぜつめつ》の未来すら連想させる事態となった。

そんな中、魔神を倒《たお》すために戦った者たちがいる。

魔術の原点、ルーンの魔術師たちだった。

彼らは団結し、人類の代表となって、災厄の魔神と戦った。

激しい戦いの末、ルーンの魔術師たちは魔神を倒すことはできなかったが、封印することに成功した。

世界は平和になった。

それから四千年の月日が流れ、時代は移り変わり、ルーン魔術は現代魔術へと進化を遂《と》げる。

魔術は最適化され、人々の生活にも必要不可欠な存在となっていた。

その代わりに、ルーン魔術を扱《あつか》える人間は減少し、現代では時代遅れと言われている。

だが、彼らだけが気づいていた。

魔神を封《ふう》じたルーンの魔術師だけが、遠い未来に起こるであろう悲劇を予感していた。

そう、封印はいずれ解ける。

いかに強力な封印であろうとも、永遠ではないことを知っていたのだ。

四千年の月日が、封印を緩《ゆる》めてしまっている。

このままでは魔神は復活し、再び世界は混沌《こんとん》の渦《うず》に呑《の》みこまれることになるだろう。

そうならぬよう、後の人々が……時代遅れと言われようとも、ルーンの魔術師が彼らのメッセージに気づけるように、意思を残してくれていた。

四千年前の世界のこと。

魔神との戦い……そして、魔神は――王国の中心たる王都、王城の地下に封じられていることを。

◇◇◇

「待たせて悪かったな。みんな」

私とシオン君、カイジンは殿下の執務室《しつむしつ》に呼び出されていた。

集まった私たちに向けて、殿下は謝罪を口にする。もちろん、誰も殿下を責める気などなかった。

カイジンが腰《こし》に手を当て、殿下に尋《たず》ねる。

「もういいのかよ」

「ああ。医者からもようやく、正式に許可が出たところだ」

「そ、それじゃ、いよいよ行くんですか？」

シオン君がびくびくしながら殿下に尋ねている。そんなシオン君の頭をガシッと鷲掴みにして、カイジンがからかう。

「何だシオン？　ビビッてんのか？」

「そうですよ！　悪いですか！」

「開き直るんじゃねーよ！　勇者なんだからシャキッとしやがれ」

「ふふっ」

思わず笑ってしまう。

この二人の関係は、初めて出会った頃に比べてかなりよくなっている。これもいわゆる怪我《けが》の功名というものだろうか。

殿下の療養《りようよう》中に何度も戦い、剣を、言葉を交《か》わしたことで、お互いのことを知ることができたのだろう。

嫌がりながらもカイジンの手を無理に振《ふ》りほどこうとしない辺り、シオン君も内心ではカイジンのことを認め始めているようだ。

そのことを感じ取ったのは私だけじゃないらしく、殿下と視線を合わせて微笑み合う。

「医者からの許可も得たところで、これより俺《おれ》たちは遺跡《いせき》調査を始める」

「よしきた！　待ってたぜ」

「うぅ……緊張《きんちょう》する」

「といっても明日からだ」

「なんだよ？　オレたちなら今すぐにでも行けるぜ？　なぁ、シオン」

「ボ、ボクはもっと後でもいいです」

「情けねーこと言ってんじゃねーって！」

カイジンがシオン君の頭を乱暴にわしゃわしゃする。

その様子を見て微笑ましく笑いながら、殿下は続けて説明する。

「確かに準備はもう終わっている。入ろうと思えば入れるが、一度潜《もぐ》れば数日……いや、数週間は地上に出られないかもしれない」

「あん？　なんでだよ？　いつでも戻れるじゃねーか」

「わからないさ。遺跡内部の構造は未知数。何が待っているのかも不明なんだ。たとえば入り口が一方通行だったら？」

「ああ……そういうことか」

カイジンも理解してくれたらしい。

遺跡はルーンによって隠され守られていた。内部も同様に、特殊《とくしゅ》な構造をしているか、ルーン魔術によって仕《し》掛《か》けが施《ほどこ》されている。

殿下の言う通り、入り口が一方通行という可能性もゼロじゃない。

もしそうだった場合、出口を見つけるまでは地上に戻《もど》れない。そして奥には間違《まちが》いなく、封印された魔神がいる。

「そうなったら魔神をどうにかしねーと戻れねーってことか。そっちのほうがオレ好みではあるぜ」

カイジンは拳《こぶし》と拳を胸の前でぶつけ、意気込《いきご》みを露《あらわ》にする。

対照的にシオン君は、ビクッと怯《おび》えたように震《ふる》えてボソッと呟《つぶや》く。

「ボクは嫌ですよ」

「てめぇは一々ケチ付けんじゃねーよ！」

「痛い痛い！　痛いですよ！　この人魔神より凶暴《きょうぼう》だ！」

「はっ！　だったらもう怖《こわ》いもんはねーな！」

遺跡調査に必要な物資は、すでに王国が準備してくれている。

より万全を期すために、備品の最終チェックをしているそうだ。

そういうわけで、遺跡調査の開始は、明日の早朝に決定した。

「みんなゆっくり休んでくれ。探索を開始したら、ゆっくり寝《ね》ていられないかもしれないからな」

殿下はそう言ってくれたけど、私たちに説明する最中も書類仕事を続けていたし、殿下が一番ゆっくり休めそうになかった。

◇◇◇

「すまないな。手伝ってもらって」

「いえ、これくらいは」

解散後、私はこっそり殿下のところに戻り、お仕事の手伝いを申し出た。

最初は断られたけれど、殿下だって遺跡調査に赴くメンバーの一人だ。ゆっくり休む時間を一秒でも確保するために、仕事は早く終わらせてほしい。

だからお願いして、手伝わせてもらった。

太陽がオレンジ色に変わりはじめ、西の空へと傾《かたむ》いていくのがわかる。

もうすぐ夕刻だ。

「おかげで早く終わった。礼を言わせてくれ」

「お役に立てて光栄です」

「いつも助けられているよ。さて」

殿下はゆっくりと立ち上がり、出入り口の扉《とびら》の方へと歩き出す。立ち止まり、くるっとこちらを向く。

「部屋まで送ろう」

「え……部屋の場所ならさすがにもう覚えました」

「わかってるさ。でも、そうしたいんだ。嫌なら遠慮《えんりょ》するけど」

「い、いえ！　嫌だなんて！　よろしくお願いします」

私が慌《あわ》てて立ち上がると、殿下は優《やさ》しく微笑《ほほえ》んでくれた。

殿下と二人、私の部屋までの短い距離を歩く。心なしか、普段《ふだん》よりも歩くペースが遅《おそ》くて……まるで、この時間を長引かせようとしているみたいだ。

「いよいよ明日だな」

「はい。いよいよですね」

この城の地下に眠っている災厄の魔神。かつてルーンの魔術師によって封印された存在を、再び私たちが封印する。

人類の未来、王国の人々を守るための大事なお仕事だ。

緊張しないで、といっても無理だろう。

ルーンの魔術によって封印されているということは、同じ封印を施せるのは、現代のルーン魔術師である私だけだ。

私が封印に失敗したり、過去のルーン魔術師の意思をしっかり汲み取れなければ……その時点で魔神は復活するだろう。

改めて思ってしまった。

もしも失敗したら……私のせいで、みんなの生活が脅かされたら……。

不安になり、手が震える。

「メイアナ?」

「――! な、なんでしょうか?」

「……不安か?」

「――はい。正直、不安になってきました」

私は心の内をさらけ出す。

今さら、殿下に不安を隠したところで意味はないと悟《さと》った。隠しても、殿下なら気づいてくれるだろう。

「もし失敗しても、君だけの責任じゃないよ。俺たちは全員で遺跡調査に挑《いど》むんだ」

「……」

殿下は優しいからそう言ってくれる。

きっとみんなも、仮に失敗したとしても、私を責めることはないと確信できる。

私の周りにいる人たちは、みんな心が温かいから。

それでも……ううん、優しさに包まれているからこそ、考えてしまう。

私の失敗は、私のことを思ってくれる人々の生活すら、簡単に壊《こわ》してしまうのだから。

「みんなの責任、そう言っても、君は不安を感じるだろうね」

「……申し訳――」

「なら、言い方を変えようか」

廊《ろう》下《か》を歩いていた殿下はピタリと立ち止まり、私もそれに合わせて立ち止まる。

隣を向くと、殿下は私のほうへと身体を向け、真剣《しんけん》な表情で見つめていた。

「殿下？」

「メイアナ、君は失敗なんてしない」

「――！」

それは慰《なぐさ》めではなく、鼓舞《こぶ》だった。

鼓舞よりもハッキリとした……まるで確信しているかのような言い方だった。

「君は俺が認めたルーン魔術師だ。現代において、君に勝るルーンの使い手は存在しない。そんな君が失敗するわけがない」

「……殿下……」

「俺が保証しよう。俺が期待する君なら、必ず成功してくれる。失敗する未来なんてありえない。だから、考えなくていいんだ」

考えれば考えるほど、私は不安を感じてしまう。

だからいっそ、失敗なんて考えなくていい。成功しかないのだと、愚直《ぐちょく》に信じればいい。

殿下はそう言ってくれる。

失敗を考えないということは、その後の対処も考えないということだ。

それはあまりにも無責任で、短絡的《たんらくてき》で、人々の未来を背負う者の思考じゃない。けれど、殿下はあえてそうしていいと言ってくれている。

「よくないことばかり考えて、負の思考に身体が引っ張られるくらいなら、短絡的なほうがずっといい。自分は失敗なんてしないと、己《おのれ》を鼓舞しろ」

「自分は……」

失敗なんてしない。

そんなことを思えるだろうか。私一人なら……きっと、そんな風には思えない。

殿下が、みんなの存在が、弱い私の心を押《お》し出してくれる。

そうだ。私は殿下に、現代最高の魔術師であり、この国を支える王子様に認められて、ここにいるんだ。

もっと自信を持とう。

慢心《まんしん》じゃない。自分が未熟者だと理解した上で、それでも尚《なお》、私がこれまで歩んできた人生は、修練の日々は……間違っていなかった。

「頑張《がんば》ります……私……」

これまでの努力に応えられるように。

「必ず成功させます！」

「ああ、それでいい」

こんな私に期待してくれる……殿下の思いに応えられるように。

私は、私自身を信じられるようになろう。そういう人間になろう。今からでもいいから、自分で背中を押せるような人になりたい。

そうすればきっと、支えられるだけじゃなくて、みんなの背中を支えられる。

みんなで一緒に、この重大任務をやり遂げるんだ。

決意を胸に、私たちは再び歩き出した。向かう先は、今はまだ私の部屋だけど、明日からは地下深くだ。

殿下《でんか》が言っていたように、今夜がゆっくり眠れる最後の日になるかもしれない。

「こんな時間まで暢気《のんき》に散歩か？」

「――！」

私の部屋が見えてきたところで、ふいに声をかけられる。

私よりもハッキリ反応を見せたのは殿下のほうだった。当然だろう。声をかけてきた人物は……。

「兄上」

「リージョン殿下」

アレクトス殿下の実兄《じっけい》、第一王子リージョン様だった。

彼は腰に以前使っていた魔剣《まけん》を携《たずさ》え、私たちの前に立っている。彼の横顔は、窓から差し込《こ》む夕日に当たってオレンジ色に染まっている。

何の用だろうか？

真剣なまなざしで私を……というより、アレクトス殿下を見ている気がした。私は少し緊張する。

アレクトス殿下は毅然《きぜん》とした態度で問いかける。

「どうかなさいましたか？」

「明日から探索《たんさく》を始めるそうだな」

「はい。医師の許可も下りました。準備も万全《ばんぜん》な状態を目指しています」

「ふっ、万全？　病《や》み上がりであることには変わらないだろう？」

「そうですね。ですが、いつまでも足踏《あしぶ》みをしているわけにはいきませんので」

「……」

数秒の静寂《せいじゃく》が流れる。

二人の会話を前に、私は声を出さずじっと見守ることにした。邪魔《じゃま》をしてはいけない気がしたから。

リージョン殿下は静寂を破り、小さくため息をこぼす。

「はぁ……」

「兄上」

「持っていけ」

リージョン殿下は徐《おもむろ》に前へと進み、腰に携えていた魔剣を抜く《ぬ》。刃《やいば》を見せるのではなく、鞘《さや》ごと腰から引き抜き、アレクトス殿下に差し出した。

「これは……」

「魔剣サラマンダー。今さら説明は必要ないだろう」

「ですがこれは、兄上のものでは？」

「ふっ、俺のものではなく国の所有物だ。遺跡調査に必要なものとして俺が所持していただけに過ぎない。もう、その必要はなくなった」

「兄上……」

二人は遺跡調査の権利をかけて戦った。

勝利したのはアレクトス殿下で、リージョン殿下も敗北は認めている。遺跡調査に赴くのは私たちのほうだ。

アレクトス殿下が回復した今、リージョン殿下が遺跡調査に赴く可能性はほぼゼロに近くなった。

元々遺跡調査のために所持していた魔剣は、その役割を失う。

「お前が持っていけ」

「……よろしいのですか？」

「勘違《かんちが》いするな。これは餞別《せんべつ》などではない。アレク、この調査には王国の未来がかかっている。わかっているな？」

「もちろんです」

失敗すれば魔神が復活し、平穏な世界は再び戦火に包まれるだろう。

そう、だから絶対に、失敗できない。

「王族の一人として、この重大な調査に向かう。ならば確実に遂行《すいこう》しろ。失敗など許されない。アレク、お前は王族の、人類の代表だ。病み上がりなど言い訳にならない。やるなら確実に達成し、帰還《きかん》しろ」

「兄上……」

「国民の生活を守るのは王族の義務だ。義務を果たせ。そのために必要なものなら、なんでも使え」

一瞬《いっしゅん》、リージョン殿下と視線が合った。

今のセリフは、きっと私に対しても言っているのだろう。私たちに与えられた役割は、人類の未来を守るための戦いだから。

「いい加減受け取れ」

「——はい」

アレクトス殿下が魔剣を受け取る。

兄から弟へ。これを餞別と言わず、なんと表現すればいいだろうか。やっぱり、これは餞別だと思った。

リージョン殿下は認めないだろうけど、彼なりにアレクトス殿下の身を案じてくれているに違いない。

それはきっと、アレクトス殿下にも伝わっている。だからアレクトス殿下は、受け取った魔剣を力いっぱい、大切に握《にぎ》りしめる。

「ありがとうございます。大切に使わせていただきます」

「言っただろう？　それは王国のものだ。俺のものじゃない」

「そうですね。これは、俺たちの剣です」

「――ふっ、解釈《かいしゃく》は勝手にしろ」

リージョン殿下は不機嫌《ふきげん》そうに目を背《そむ》けて、私とアレクトス殿下の隣を歩き去っていく。

さすがに何度も見せられたら、私にもわかるようになった。

今の不機嫌そうな表情の、内側に隠れている不器用な優しさを。

私以上にそれを感じているアレクトス殿下は、受け取った魔剣を大事に握りしめて、リージョン殿下の後ろ姿を見つめながら呟く。

「失敗できない理由が、また一つ増えたな」

「……そうですね」

王国の未来だけじゃない。

身近な誰かの、大切な人たちの思いも背負っているのだと、改めて実感する。

◇◇◇

翌日の早朝。

私たちは噴水前に集まり、荷物の最終確認《かくにん》を行っていた。

カイジンが準備されたものを一つ一つ取り出し、不備がないか確認していく。その作業をシオン君も手伝っていた。

「食料、水、簡易テント……もろもろ野宿用の備えだな」

「け、結構多いですね。持っていくのも大変そう……」

「あん？　こんなもん大した重さじゃねーだろ。ほれ」

「あ、ちょっ、重いですよ！」

荷物でパンパンになったカバンをシオン君に担《かつ》がせていた。カバンはシオン君の上半身よりも大きくて、担いだ途端《とたん》にシオン君が転びそうになる。

「情けねーな。前から思ってたが、お前細すぎるんだよ。ちゃんと飯食ってるか？」

「食べてますよ」

「身長もチビだしよぉ」

「そ、それはこれから伸《の》びるんですよ！」

シオン君が声を荒《あら》らげている。どうやらシオン君は身長が低いことを気にしているらしい。

彼はまだ子供だから、今が成長期でもある。これからどんどん大きくなって、いつか私の背もあっさり抜き去るだろう。

それは見てみたいけど、少し寂しかったりもする。

「筋肉つけろ。肉を食え」

「カ、カイジンさんみたいにはなれませんから」

「そいつはこれからに期待だな。おい王子様！　チェックは終わった。問題ねーよ」

「ありがとう。こちらも準備はできている」

アレクトス殿下は腰に装備した魔剣を軽くトンと叩《たた》く。

魔術師《まじゅつし》の殿下が騎士《きし》のように剣を腰に装備しているのは、なんだか不思議な感じだ。

「それ、あの時の魔剣だろ？　大丈夫《だいじょうぶ》なのか？」

「心配ない。魔剣の扱いは心得ている。剣術《けんじゅつ》は兄上に劣るが、魔術《まじゅつ》でその分はカバーしてみせよう」

「はっ、頼《たの》もしいな」

「俺に扱えないのは、ルーンの魔術だけだ」

だから君がいる。

そう言っているように、殿下は私に期待の視線を向けてくれる。その期待に応えるために、私も準備はしてきた。

「行きましょう！」

「ああ」

全員の腕《うで》に、通行許可証である腕輪《うでわ》を装備する。

ルーンが刻まれたこの腕輪がなければ、遺跡の中に入ることは許されない。腕輪は全部で四つだけ。

ここにいる四人だけが、遺跡の中に入る資格を持っている。

噴水の下に隠された道を進み、遺跡の扉の前に到着《とうちゃく》する。仰々《ぎょうぎょう》しい金属の扉は、どんな怪力でも開けることはできない。

ただ、腕輪をかざし、刻まれたルーンを発動すれば……。

「【ᛟ《オースィラ》】」

有する意味は遺産、土地。ここには四千年の歴史が眠っている。

「【ᛜ】《イングズ》」

意味は神。この地に封印《ふういん》された魔神の存在を意味している。

「【ᛉ】《アルギズ》」

防衛、擁護《ようご》……すなわち、この地を災厄から守護するために存在するという意味、遺跡そのものを指し示す。

最後に……馬の意を持つルーン文字。

「【ᛖ】《エフワズ》！」

馬は運ぶ者、封印されし災厄に挑む者たちを、四千年の歴史が詰《つ》まった地へ運ぶ。

腕輪に刻まれたルーン文字を解放したことで、閉ざされていた扉が開く。

押したり引いたりする必要はなかった。

ルーンによって独りでに、重く硬《かた》い扉はゆっくりと開く。

「あ、開きましたよ！」

「腕が鳴るぜぇ」

「慎重《しんちょう》に進もう。どんな仕掛けがあるかわからないからな」

「はい」

扉の先は通路になっていた。

まるで私たちを歓迎《かんげい》するかのように、壁《かべ》に備わったランタンに炎《ほのお》が灯《とも》る。ただの炎ではないのは、色を見れば明白だ。

白い炎が古びた通路を明るく照らしている。

殿下がランタンを見ながら私に問いかける。

「メイアナ、これもルーン魔術か？」

「はい。そうだと思います」

ランタンには複数のルーン文字が刻まれているようだ。

遠目でしか確認できないから、すべてを解読することは難しい。この距離《きょり》で見てわかるのはせいぜい三つ。

松明《たいまつ》、船、探索を意味するルーン【ᚲ《ケーナズ》】。

人、人の気配を意味するルーン【ᛗ《マンナズ》】。

そして昼、火を表すルーン【ᛞ《ザガス》】。

最低でもこの三つのルーンが刻まれているはずだ。人の気配を感知し、炎の形をした温かな光を宿すランタン。

昔の人たちは、こうやって夜の灯《あか》りを確保していたのだろうか。

ルーン魔術は、現代魔術の原点であり、最初に生み出された魔術様式だという。

一体どうやって、誰によって作られ、どこまで浸透《しんとう》していたのだろうか。

この遺跡の先に、答えがあるのかもしれない。そう思うと、ルーン魔術師としての好奇《こうき》心《しん》が顔を出す。

「あの、殿下。可能な限り、見つけたルーンを調べてもいいでしょうか？」

「構わないよ。そのほうがいい。ルーン魔術を解読できるのは君だけだ。どんな仕掛けがあるのか、事前に知っていたほうが安全だろう」

「ありがとうございます」

「それに、偉大《いだい》な先人たちが残したルーンだ。同じルーン魔術師として、放置するのは勿《もっ》体《たい》ない……だろ？」

「――――！　はい」

殿下には、私の本心を見透《みす》かされていたらしい。

こんな状況《じょうきょう》にもかかわらず、ルーン魔術への興味を抱いてしまって申し訳ない気分だったが、そんな風に思う必要はなさそうだ。

私たちは先へ進んでいく。

◇◇◇

「代わり映えしねーなぁ」

「ほ、本当にここに……魔神が封印されているんでしょうか」

「このままじゃ期待外れだぜ。なぁ、シオン」

「え、ボクは平和なほうが好きなので……って！　嫌《いや》ですからね絶対！」

「お、さすがにわかるようになったか」

カイジンが背中の大剣《たいけん》に手を触《ふ》れていた。

まさかとは思うけど、この場で退屈《たいくつ》しのぎにシオン君と訓練でもしようとした？

察した殿下がカイジンに注意する。

「勝手に暴れるなよ。何があるかわからないんだ」

「わかってるけどよぉ。何もねーじゃねーか」

「まだ通路を進んでいるだけだ。ここがただの遺跡じゃないことは、ルーンで隠《かく》されていた時点で証明されている」

「だけどなぁ。道、間違えてんじゃねーの？」

「それもない。メイアナ」

「はい」

私は手の平の上にルーンストーンを乗せている。

刻まれているのは【<】《ケーナズ》の文字。遺跡の場所を探すのに使ったルーンで、探索の意味がある。

このルーンを活用すれば、初めての場所でも迷うことなく、目的地に向かうことができる。

「ルーンで目的地までのルートはわかっています。あとは進むだけです」

「彼女《かのじょ》を信じよう。俺たちはただ、いざという時に備えていればいい」

「わかったよ。ま、まだ一時間ちょいだしな」

「はぁ……助かったぁ」

戦わなくて済み安堵《あんど》するシオン君の頭を、カイジンが鷲掴《づか》みにしてわしゃわしゃする。

すでに遺跡の中だというのに緊張感がない。

呆《あき》れたように殿下はため息をこぼす。

「メイアナ、大丈夫か?」

「はい」

私は額から汗《あせ》を流していた。

ルーンを使って道順を辿《たど》る。簡単に口に出したけど、実はそこまで単純じゃない。ただの迷子とは違《ちが》う。

ここは、古代のルーン魔術師が作った遺跡だ。

遺跡のあちこちにルーン文字が刻まれているのだろう。おそらく刻まれている文字は【ᚠ】《フエフ》、富や財産の意味。すなわち、それらを隠すための偽装《ぎそう》。

ルーン同士が干渉《かんしょう》している感覚があった。

偽装のルーンと探索のルーンの意味が対極にあり、お互《たが》いを拒絶《きょぜつ》している。

私のルーンが、この地を偽装するルーンよりも劣《おと》っていたら、探索の効果は発揮されず、遺跡の中で迷子になるだろう。

そうなったら調査どころじゃない。

帰り道がわからないまま、餓死《がし》するのを待つだけになってしまう。そうならないために、私が常にルートを把握《はあく》する。

集中力のいる作業だ。

「少し休憩《きゅうけい》しようか？　ずっとルーンを使い続けているだろう」

「ありがとうございます。まだ大丈夫です」

「メイアナ、無理は禁物だ」

殿下が私のことを心配してくれている。それだけで十分、気力をもらえるけど、だからって無理をしているわけじゃない。

ちゃんとした理由がある。

「この先で道が開けます」

「――！　本当か？」

「はい。一旦《いったん》そこまで行きましょう」

「……わかった。調査後に一度休憩《きゆうけい》をとろう。みんなもそれで構わないな？」

殿下がシオン君とカイジンに尋ねる。

「は、はい。大丈夫です」

「おう！　適当な魔物《まもの》でもいるといいな」

「ちょっ、怖いこと言わないでくださいよぉ」

「ビビッてんのか？　オレたちなら余裕《よゆう》だ！　この先だろ？　さっさと行こうぜ！」

先陣《せんじん》を切るようにカイジンが駆《か》け足《あし》で前に進む。

それに置いていかれないように、私たちも急ぎ足で彼《かれ》の後に続いた。そうしてたどり着いた場所は、天井《てんじよう》も壁も広く、地下とは思えない大空間だった。

「ここは……」

殿下も驚《おどろ》いている。私も……。

ただ、驚いているのは広さではなく、その広い空間にある光景にだった。周囲を見渡《みわた》しながら、シオン君がぼそりと呟く。

「……街、ですな」

「そうみてーだな。古い街だが結構広いぞ」

道の先に広がる大空間には、歴史を感じさせる街並みがあった。

王都の街並みと比べたら建物一つ一つが小さく、作りも歪《いびつ》で、素材に木材や粘土《ねんど》が用いられている。

まさに、現代の人々が想像するような……数千年前の街並みがそこにある。

「どういうことだ？　ここで誰《だれ》かが暮らしてたってことかよ」

「そうなるんじゃないですか？」

「……いや、おそらく違うな」

殿下が周囲を観察し、目を細めながら小声で呟いた。

カイジンが尋《たず》ねる。

「なんでわかるんだ？」

「生活感がないんだよ。建物はあっても、人が暮らした形跡《けいせき》がまったくない」

「そんなもん、時間が経《た》ってなくなったんじゃねーのか？　数千年も経ってりゃ消えちまうだろうよ」

「確かにそうだが、それでも残るんだよ。人が暮らした形跡っていうのは……特に、これだけ綺麗《きれい》に街並みが残っているならな」

殿下の話を聞きながら、私も自分の目で周囲を見て確認してみる。

古いけど、建物は比較的綺麗《ひかくてききれい》な状態を保っていて、掃除《そうじ》すれば今からでも人が暮らせそうではある。

殿下の言う通り、生活感はまるでなかった。

建物があるだけ、街の形をしているだけで、人を感じられない。

私は念のために、【ᛗ】《マンナズ》のルーンを発動させてみる。人や人の気配を辿るこのルーンは、人の形跡を追える。

さすがに四千年の月日を経《へ》ると、精度も完ぺきではないけれど、ある程度は把握できる。

かざしたルーンストーンに反応はなかった。

「人はいないようです。少なくとも、私が確認できる範囲《はんい》には」

「十分だ。ありがとう」

「んじゃよぉ。ここは何のために作られたんだ？」

「ひ、人が住んでいないのに、街を作る必要があるんでしょうか」

カイジンとシオン君の疑問はもっともだ。

古代のルーン魔術師たちが、何の意味もなくここまで大きくちゃんとした街を作ったのはなぜだろう。

理由があるはずだ。

「探索してみよう。何かヒントがあるかもしれない」

「はい。ルーン文字があったら私に教えてください。解読できれば、何かわかるかもしれません」

「わかりました」

「文字より魔物がいねーかな」

「また物騒《ぶっそう》な……か、勝手に暴れないでくださいね？」

「その時はシオン、てめぇが相手してくれりゃーいいんだよ」

「ひぃ！　魔物さん、いるならボクの代わりに戦ってください！」

勇者が魔物に助けを求めている……。

ちょっぴり呆れて笑《え》みをこぼし、私たちは街の探索を始める。

建物の中はどこも殺風景だった。生活感がないというのは言葉通り、ここで誰かが暮らした形跡がないということ。

眠《ねむ》ったり、食事をとったり、着替《きが》えたり……そういうスペースはあっても、道具は用意されていなかった。

建物だけがある街並み……探索していると、少し不気味さを抱く。

「おい！　こっちになんかあるぞ！」

カイジンが何かを見つけたらしい。

大声で知らせて、手を振《ふ》っている。私たちはカイジンの元へ向かった。彼がいたのは、街の中で一番大きい建物の中だった。

大昔の貴族の屋敷《やしき》だろうか？

少しそんな雰囲気《ふんいき》のある建物で、玄関《げんかん》は広く、大きな壁がある。その壁だけが不自然に黒かった。

私は前に出て、石板に刻まれた文字に触れる。

「ルーン文字ですね」

「こ、こんなにたくさん……何文字あるんですか？」

「知るかよ。専門外だ」

「そうだな。これを解読できるのはメイアナだけだ」

殿下の視線が私に向けられる。

「頼めるか？」

「もちろんです」

そのために私はここにいるのだから。

文字数はざっと確認しただけで五十を超《こ》えている。かなり多いけど、あの石板に比べたら半分以下だ。

それに……。

「数日はかかりそうだな。一旦ここを拠点《きょてん》にしよう」

「いえ、そこまではかかりません」

「本当か？　だがこの量、あの遺跡《いせき》ほどじゃないがかなりあるだろう」

「はい。分量は多いです。ただ、触れてみてわかりました。このルーン文字を刻んだ人物は、あの石板に文字を刻んだ人と同一人物です」

「――！　そうなのか？」

私は小さく頷《うなず》く。

だから何だ、とカイジンが尋ねてきた。殿下はルーン魔術についても学んでいるようだから、説明しなくても意味はわかるだろう。

私はカイジンに向けて説明する。

「ルーン文字を解読するには、術者が何を考え、何を想《おも》い、望んだのかを知る必要があります。言い換《か》えれば、他人の思考を推測する必要があるんです」

「だから、それが難しいんだろ？」

「はい。でも、同じ人物なら、ルーンに込めた解釈も同じか、限りなく近いものになります」

ルーンに対する解釈の仕方、思考の癖《くせ》やパターンは、同一人物なら当然同じだ。

一度でも、同じ人物のルーンに触れたことがあれば、相手の思考をより深く、素早《すばや》く推測することができる。

ルーン文字は全部で二十四文字しかない。

二十四文字分の思考パターンは、すでにあの石板を返して分析《ぶんせき》済みだ。

初めての相手じゃないなら、解読に要する時間もぐんと短縮できる。

「あー、要するに、早くやれるってことだな」

「考えるの……放棄《ほうき》しましたね」

「うるせーな。面倒《めんどう》くせぇーことは考えないようにしてんだよ。それより……朗報だぜ」

「――――！」

「あ、足音……？」

ニヤリと笑みを浮《う》かべるカイジン。

殿下とシオン君はほぼ同時に、何かが近づいてくる気配に気がついた。私は三人より数秒遅《おく》れてようやく気づく。

複数の足音が私たちのほうへと歩いてくる。

さっきルーンで人の気配がないことは確認した。こんな場所に人がいることはまずありえない。

いるとすれば……。

「魔物……？」

「一旦建物の外に出よう。狭《せま》い室内で戦闘《せんとう》になるのは危険すぎる」

「んじゃ先行くぜ。おら、シオンも行くぞ！」

「え、えぇ！　カイジンさん一人で十分じゃないですかぁ」

「かもな！　物足りねーと思ったら、てめぇが相手してくれんだろ？」

「言ってませんよそんなこと！　って、ちょっと待ってくださいよ！」

否定しながらも、先に駆け出したカイジンの後に続くシオン君の姿に、私は彼の成長を感じていた。

「俺《おれ》たちも行くぞ。解読はその後だ」

「はい」

私と殿下も建物の外に出る。

外はすでに……。

「チッ、囲まれてやがったか」

「こ、これ……なんですか？　魔物？」

「知るかよ」

カイジンやシオン君が首を傾《かし》げるのもわかる。

私たちを囲っているのは、一言で表すなら影《かげ》だった。全身真っ黒な魔物の形をした何かが、集まっている。

私の斜《なな》め前《まえ》に立つ殿下も、目を細めていた。

「ただの魔物じゃない……いや、そもそも魔物じゃないのか？」

「関係ねーよ！　なんであれ、オレたちの敵ってことに違いはねーだろ！」

カイジンは威嚇《いかく》するように、背中から大剣を抜いて構える。直後、影のような魔物たちは一斉《いっせい》に動き始める。

「おらぁ！」

大剣を横振りに一閃《いっせん》。襲《おそ》い掛《か》かってきた影の魔物を両断する。両断された影の魔物は、砂のように細かく散って消滅《しょうめつ》した。

「なんだ？　呆気《あっけ》ねーな」

「――！　まだだ！　カイジン！」

殿下が叫《さけ》ぶ。

消滅したと思われた影は、細かな粒子状《りゅうしじょう》になって集まり、再び魔物の姿へと変貌《へんぼう》する。

今度は大きい。鋭《するど》い爪《つめ》が、カイジンを背後から襲う。

「させない」

カイジンへの攻撃《こうげき》を、聖剣《せいけん》を抜いたシオン君が斬《き》り裂《さ》き、再び魔物は塵《ちり》と化す。

「――おっ、なんだ？　助けてくれたのかよ」

「油断しているからですよ」

聖剣を抜いたシオン君は、普段《ふだん》とは打って変わり頼もしい雰囲気を放つ。

「カイジン……今、シオンが来るとわかって動かなかったな」

「そう、なんですか？」

「ああ。あいつら……」

殿下は少し、羨《うらや》ましそうに二人を見つめていた。

カイジンとシオン君、二人は互いの背中を合わせるように立つ。

「まだ終わっていませんよ」

「知ってるよ」

聖剣で斬り裂いた影の魔物は、再び塵が集まって別の魔物へと変身する。今度は巨人《きょじん》、おそらくはオーガやオークと呼ばれる種類だろう。

影の魔物が二人に襲い掛かる。

攻撃を難なく回避《かいひ》した二人は、左右から斬撃《ざんげき》を浴びせて影の魔物を倒《たお》す。しかし、また同じように復活してしまう。

「斬っても再生しやがるのか」

「そうみたいですね。でも、再生しているというより……」

シオン君が鋭い視線で影の怪物《かいぶつ》を見つめる。

二人の戦いを見守る殿下が、私にわかるように解説してくれる。

「再構成に近いな」

「再構成？」

「粒子《りゅうし》一つ一つが本体で、複数集まることで魔物の形に見せているだけだ。斬られた部分はちゃんと破壊《はかい》されている。わずかだが、魔力《まりょく》の総量が落ちた」

さすがは現代最高の魔術師だ。

私にはわからなかったけど、見るだけで相手の魔力の変化に気づいていた。と同時に、一つの事実にたどり着く。

「やはりあれは魔物じゃないな。魔物というより現象だ」

「現象……」

「もっといえば、魔術に近い」

「――――！　まさか……これもルーン魔術？」

可能性としてはある。というより、ここがルーン魔術師によって作られた遺跡なら、そこで見られるすべての現象は、ルーンによって構成される。

ただ、こんな現象を作り出せるルーンを私は知らない。

太古のルーン魔術師は、ルーンを使って魔物の真似事《まねごと》までやっていたというの？

何のために？

ここで侵入者《しんにゆうしや》を迎《むか》え撃《う》つため？

影の魔物と人の気配のない街並み……何か関係があるように思えてならない。

「考えるよりも今は対処が先だ」

「は、はい」

シオン君とカイジンは今も戦っていた。私にもやれることはある。

「一旦下がれ！　それは魔物より魔術に近い。俺のほうが上手《うま》く立ち回れる！」

「手出すんじゃねぇ！」

「――！　カイジン？」

「安心しろよ。こいつは……オレとシオンで倒してやる」

カイジンは大剣の切っ先を影の魔物に向けて挑発《ちょうはつ》していた。

「理屈《りくつ》はよくわからんが、こいつは不死身ってわけじゃねーんだろ？」

「ああ。倒せば徐々《じょじょ》に弱体化する。だが時間が……」

「だったら話はシンプルだ！　死ぬまで殺し続けてやるよ！　なぁシオン！」

カイジンに攻撃を仕掛《しか》けようとした魔物、その首をシオン君の聖剣が切り落とす。

「話している暇《ひま》があるなら手を動かしてください」

「はっ！　確かにな！」

カイジンが残った胴体《どうたい》を両断する。

当然のごとく、再び粒子になって別の形へと変化した。二人は手を休めることなく戦いを継続《けいぞく》する。

どうやらカイジンだけじゃなく、シオン君もやる気みたいだ。

「殿下《でんか》」

「……はぁ、仕方ない。二人に任せよう。俺たちは周りの警戒《けいかい》だ」

「はい」

「それにしても……驚いたな」

「そうですね」

カイジンはわかる。ずっと戦いたくてうずうずしていたのを知っているから。

私たちが驚いたのはシオン君のほうだった。

シオン君は戦いが好きじゃない。臆病《おくびょう》な性格も、聖剣を抜《ぬ》いたら頼もしくなるだけで、根本的に変わるわけじゃない。

本心は戦いを望まず、平和でのんびりと暮らしたいはずだ。

そんな彼が、カイジンの発言に文句も言わずに合わせている。

自分は嫌だからカイジン一人でやればいい。

普段のシオン君なら、そんな悪態をついていたはずだ。

「カイジンのほうもだ。あいつの性格なら、一人でやるって言いそうだと思っていたんだがな」

「確かにそうですね」

殿下の言う通り、カイジンならそう言うだろう。

強さを求めて貴族の地位すら捨て、身一つで旅をしていた彼なら、強い相手と戦うのに、他人の手は借りないと思った。

少なくとも、私や殿下の手助けは望んでいない。

要するに……。

「シオン君だけ、特別なんですね」

「ああ」

共に過ごした時間が、彼らの中で絆《きずな》を育てたのだろうか。

二人は言葉も交《か》わさず、目を合わせることもなく、お互いの動きに合わせて攻防《こうぼう》を切り替《か》えて戦っている。

カイジンが攻撃に転じる時、防御《ぼうぎょ》はシオン君に任せていた。

逆にシオン君が攻撃を仕掛ける時は、カイジンが防御に回っている。

息の合ったコンビネーションに、見ている側もワクワクしてくる。それに、こんな状況なのに、嬉《うれ》しくなった。

「随分《ずいぶん》ちっちゃくなりやがったなぁ！　もう限界か！」

「これで終わりですよ！」

カイジンの剣《けん》とシオン君の聖剣が、影の魔物を真っ二つに斬り裂いた。また粒子になり再構成を開始する。

その前に――

「「斬る！」」

魔物が粒子に変わってしまうより早く、残る影の部分を斬り裂いていく。瞬《まばた》きのような刹那《せつな》に、二人は攻撃を重ねた。

私にはハッキリと見えなかった。

見えたのは、楽しそうに笑うカイジンの横顔と、控《ひか》えめだけど確かに微笑《ほほえ》むシオン君の横顔だった。

「お見事。宣言通り、ちゃんと倒したな」

「二人とも、凄《すご》いですね」

今度こそ完全に消滅した影の魔物を見送り、カイジンとシオン君が視線を合わせる。

「まぁ、退屈凌《たいくつしの》ぎにはなったか」

「汗、かいてますよ」

「ん？　ホントだな！　いい運動だったぜ」

「ボクは疲《つか》れました。でも……カイジンさんと戦うほうがずっと疲れます」

「――はっ！　あったりめーだろ？　オレのほうが何倍も強いんだからよぉ！」

「ちょっ、頭触《さわ》らないでください！　汗臭《あせくさ》いです！」

ふと思い出す。

物語に登場する勇者様の周りには、いつだって相棒と呼べるような人がいた。ただの仲間じゃなくて、相棒。

その名にふさわしいのは、きっと……。

「なぁ、メイアナ」

「はい」

私と殿下は同じ感情を抱く。

頼もしくて、見ていて楽しくなって、羨ましい。

◇◇◇

古代の遺跡中腹。

薄暗《うすぐら》い部屋の中に、一人の少女がいた。声も出さず、動くこともなく、じっと座《すわ》っている彼女だったが、何かに気づく。

「――来たんだね」

声を発する。

何千年ぶりかわからない自分の声を耳にする。

「やっと……会えるのかな？」

暗闇《くらやみ》の先に見据《みす》えるのは、遺跡に入ったばかりの彼らの姿だった。

彼女は待っていた。

ずっと、何千年の時を超えて。

「待っているよ」

再び、世界に生まれる瞬間《しゅんかん》を。

第二章◆永劫からの目覚め

遺跡の中にあった街。

街の中に残された壁のルーン文字に触れて、解読を開始する。

間違《まちが》いない。やっぱり、このルーン文字を刻んだ人は、あの時の石板を作った人と同じだった。

「これなら二時間くらいで終わると思います」

「そうか。なら一旦、二人は休憩だ」

「はぁ……やっと休めますよ」

「だらしねーな。あれくらいでへばってんじゃねーよ」

「体力が無限の人と一緒《いっしょ》にしないでください！」

影の魔物との戦いを終えて、シオン君は特にお疲れの様子だった。

カイジンも汗をかくほど疲労《ひろう》していたようだけど、数分後の今はケロッとしている。

本当に体力が無限なんじゃないかと思うくらいタフだ。

「俺が周囲を警戒しておく。メイアナは安心して解読に取り掛かってくれ」

「はい！」

「お前たちも、しっかり休んでいいぞ」

「オレは平気だぜ。もういっぺん戦ってもいいくらいだ」

「その時はまた任せる。今のところは必要なさそうだ」

殿下が結界で周囲を覆《おお》ってくれている。加えて敵感知の術式と、私の【ᛗ《マンナズ》】のルーンも配置してある。

何かが近づけばすぐわかるし、攻撃される前に対処できるだろう。

私も安心して背中を任せられる。


壁に刻まれたルーン文字は、数えたところ全部で五十二文字だった。

あの時の石板に使われていた文字が大半で、一度は解読したことがある。予想を立てて解読を始めると、読み進める速度が何倍にも加速する。

一文字一文字を読み解けば、次の文字に繋《つな》がっていく。

二時間とは言ったけど、もっと早く終わりそうだ。

それから一時間と少し経過し、九割近く解読が終わったところで、私はとあることに気がつく。

「これ……もしかして……」

「何かわかったか？」

「いえ、内容はこれからです。ただ、この石板はあの遺跡にあったものと同じ性質かもしれません」

「同じ性質？」

私は小さく頷き、初めて殿下と一緒に解読した石板のことを思い返す。

百を超えるルーン文字で構成された文章を読み解き、意味を理解した上で読み上げることで、私は記憶《きおく》の世界へと誘《いざな》われた。

そして、今目の前にある石板もおそらく……。

「読み解くことで記憶が流れる、というわけか」

「はい」

「作り手が同じだからか？」

「それもあると思いますが、伝え残すことが目的だからだと思います」

ルーン文字を使った術式の構成。一文字ずつ丁寧《ていねい》に、術者の記憶が宿っていて、すべてを合わせることで解読者と記憶を共有する。

あの石板と同じなら、解読が終わって読み上げた直後、私は再び真っ白な世界に誘われて、術者の記憶を覗《のぞ》くことになる。

「そうなったら、私はまた気を失うかもしれません」

「あの時もそうだったな」

「はい。ですので、その……ご迷惑《めいわく》をおかけすると思います」

「気にすることはない。ちゃんと支えておくよ」

殿下はそう言って優《やさ》しく微笑んでくれた。

おかげで安心する。次に目覚めるときは、殿下の腕《うで》の中だろう。

あの時と同じように。

私は最後のルーン文字の解読を終える。解読が終わったルーン文字を、一文字ずつ読み上げていく。

「――【↑】《ティワズ》」

直後、私の脳内に術者の記憶が投影《とうえい》される。

◆◆◆

真っ白な世界。あの時と同じ、誰かの心を映している。

しばらくは真っ白だけど、よく目を凝《こ》らして見つめれば、徐々に見えてくる。

ルーン文字に刻まれた思い、四千年前に生きた人物の記憶が。


——魔神《まじん》が誕生してしまった。


流《なが》れ込《こ》んでくる情報には光景だけではなく、ルーン文字を記した術者の思いも含《ふく》まれていた。

世界は平和だった。現代よりも様々な技術が未発達で、今と比べたら決して便利でも裕《ゆう》福《ふく》でもない家庭。

家族を持ち、平穏《へいおん》に暮らしていた彼らに、悲劇が起こる。

魔神の誕生によって魔物たちが活性化した。当時まだ数が少なく、発見されてから日も浅い魔物たちが、一斉に動き出し、勢力を拡大させた。

当時は魔術《まじゅつ》も発達しておらず、人々の対抗《たいこう》手段は剣や防具といった原始的な武装だけだった。

それでも彼らは戦った。戦うしかなかった。

大切な家族を、友人を守るためには、自らの命をかけるしかなかったのだ。

だけど、魔物たちは人間よりもはるかに強く、一匹《ぴき》でも村に現れたら、その村は崩壊《ほうかい》するほど恐《おそ》ろしい存在だった。

このルーンを残した術者の家族は、魔物によって殺されてしまった。彼が不在だったタイミングで村が魔物の襲撃《しゅうげき》を受けてしまった。

彼はひどく後悔《こうかい》した。

自分が傍《そば》にいれば、魔物から家族や友人を守ることができたはずなのに……。

そして、魔神を憎《にく》んだ。

平穏な日々を破壊した魔物を、決して許すことはできなかった。

「……」

見ていて悲しくなる。当然のことだ。

大切な人たちを殺されて、憎しみを抱かないなんてありえない。記憶を通して彼の心が流れ込んでくる。

痛いほど苦しくて、孤独《こどく》に心が壊《こわ》れそうになった。


彼は旅に出た。

魔神をうち滅《ほろ》ぼすための旅路だった。旅に出てすぐ、彼は旧友たちと再会することになった。

彼らはルーン魔術師《まじゅつし》であり、同じ師匠《ししょう》からルーンを学んだ同窓生でもあった。

皆《みな》、目的は同じだった。

魔神に家族を殺されてしまった者もいれば、正義と秩序《ちつじょ》を守るために、魔神を倒すことを掲《かか》げた者もいる。

彼らは等しく勇敢《ゆうかん》で、そして自分たちにしかできないと確信していた。

現代魔術がない時代、彼らが操《あやつ》るルーン魔術だけが、魔物や魔神に対抗できる唯一《ゆいいつ》の手段であり、人類の希望だった。

彼らは仲間たちと共に、魔神を倒すための旅を始めた。

◆◆◆

流れ込んだ記憶が、私の記憶に定着した感覚がある。

「大丈夫《だいじょうぶ》なのかよ」

「ずっと眠っていますね」

「心配ない。あの時もそうだった。そろそろ目覚めると思う」

みんなの声が聞こえてくる。ゆっくり目を開けると、最初に飛び込んできたのは殿下の顔だった。

「お目覚めだな」

私は殿下の膝《ひざ》の上で気を失っていた。

シオン君とカイジンが覗き込むように、私を見下ろす。

「お、目が覚めたかよ」

「よかったです。急に倒れるから心配しました」

「ごめんなさい。心配をかけました。殿下もありがとうございます」

「気にすることはない。起き上がれるか?」

「はい」

ちょっぴり名残惜《なごりお》しいと思ってしまう。

もう少しだけ、殿下の膝の上で横になっていたかった。なんて、危険な遺跡の中で思うのは、私も大概緊張感《たいがいきんちょうかん》が欠けている。

「どうだった? 予想通りか?」

「はい。あの石板と同じ人の記憶です。あの石板は断片的《だんぺんてき》で、時代全体のことを記録していましたが、今回はもっと詳細《しょうさい》でした」

「なら、わかったのか？　四千年前に何があって、どうやって魔神を封印《ふういん》したのか」

「いえ、詳細な分、記録されている時間は短かったようです。私が見たのは、このルーンを記した術者が、魔神を倒すために旅立ったところまでの記憶でした」

私は殿下たちに、ルーンに刻まれた記憶について解説する。

彼《かれ》らルーンの魔術師が集まり、魔神を倒すための旅路についたところまで。

「なんだよそれ。肝心《かんじん》なのはその後だろーが」

「メイアナさんに言っても仕方ありませんよ。残したのはその、昔のルーンの人なので」

「わかってるよ。けど、知りたいのはその先だろ」

「そうですね」

起き上がった私は、記されたルーン文字に再び触《ふ》れる。そして振り返り、次に進むべき方向を見つめる。

「もしかすると、この遺跡にはまだ、同じように記憶が込められたルーンが残っているのかもしれません」

「この遺跡が、かつての記録をなぞっているということか？」

「はい」

改めて遺跡内部にある街並みに目を向ける。

既視感《きしかん》があった。そう、私が見た記憶の中に、これと似たような街並みがあった。

「この街は、ルーンの魔術師が家族と過ごしていた場所にそっくりです」

「そうか」

殿下も私と一緒に街並みを見つめる。

この街が魔物《まもの》に襲われ、大切な家族や友人たちは殺されてしまった。空っぽになった街並みは、失ったものの大きさを表しているのかもしれない。

街並みを見つめていると、シオン君が私に尋《たず》ねてくる。

「じゃ、じゃあ、さっきの魔物も記憶の再現、なんでしょうか？」

「……かもしれない。けど……」

なんとなく、あれは別物な気がしている。

確信はない。私は未熟者だから、ルーンのことを全て理解しているわけじゃなかった。

私が知らないルーンの解釈《かいしゃく》によって、当時の魔物を再現したのかもしれない。でも、もしもそうじゃないとしたら……。

この遺跡には今も、ルーンを行使する何かがいる……のかもしれない。

「どちらもありえる。警戒しながら進んでいくしかないだろう」

と、状況《じょうきょう》をまとめるように殿下が言った。

私たちはしばしの休憩《きゅうけい》を挟《はさ》み、遺跡調査を再開することにした。


三十分ほど休憩をとってから、私たちは再び歩き出す。

街へ入る廊下《ろうか》とは反対側に、先へと続く廊下が用意されていた。道はいくつにも分かれているけど、私のルーンを使えば迷わない。

探索《たんさく》において【ᚲ《ケーナズ》】のルーンはとても便利だ。

念のために今は、私たち以外に誰《だれ》もいないか探《さぐ》るため【ᛗ《マンナズ》】のルーンも発動させている。

ここは四千年も隠《かく》されていた遺跡の中だ。

私たちのような探索者以外に、誰かが生存しているなんて考えられない。けれど、気になってしまう。

あの影の魔物は、本当に遺跡に刻まれたルーンの効果なのだろうか？

「メイアナ」

「はい！　なんでしょうか？」

「集中しすぎては身体がもたない。俺たちも一緒にいるんだ。周囲の警戒は、俺たちに任せてくれていいんだぞ？」

「――はい。すみません」

私は若干《じゃっかん》の怯《おび》えを感じていて、それを殿下に見抜《みぬ》かれてしまったようだ。

なるべく態度や表情には出ないようにしていたのに、殿下は本当に他人の機微《きび》に敏感《びんかん》で、気づいてくれる。

殿下の言う通り、私が警戒するより、殿下やシオン君、カイジンが一緒にいてくれるのだから、いざという時は彼らに任せよう。

こんなにも頼《たの》もしい仲間たちがいて、何を怯える必要があるのか。

そう自分に言い聞かせて、探索のルーンだけに集中することにした。

分かれた道を迷うことなく進んでいくと、途中《とちゅう》でたどり着いた場所のように、開けた空間があることに気づく。

「殿下、この先にも何かあるみたいです」

「まーた街があんのか？」

「それは見てみないとわかりません」

「……ま、また……あの魔物がいるんでしょうか……」

「それも見てみないと」

「んじゃ先行くぜ！　安全確認《かくにん》してやるよ！」

カイジンが先陣《せんじん》を切って走り出す。ついでのように、シオン君の肩《かた》を掴《つか》んで引っ張りだす。

「おら、お前も行くぞ！」

「ちょっ、なんでボクもなんですか！」

「二人とも元気だな」

「ですね」

二人を見ていると、こっちの疲れも和《やわ》らいで、緊張《きんちょう》もほぐれてくれる。頼もしいだけじゃなくて、場を和《なご》ませてくれるコンビだ。

私たちも彼らと離《はな》れすぎないように、少し駆《か》け足《あし》で進む。

そして……。

「これは、宮殿《きゅうでん》か？」

「そう、みたいですね……大きい」

たどり着いた広い空間にあったのは、見事な宮殿だった。

丸みを帯びた屋根、綺麗《きれい》な装飾《そうしょく》が施《ほどこ》された壁《かべ》に、窓ガラスもある。他に建造物はなく、大きな宮殿だけがそこにあった。

建造物があるという点は、さっきの街並みと同じだ。ただし、大きな違《ちが》いがある。

先に到着《とうちゃく》していたカイジンとシオン君が、その違いを口にする。

「破壊されてやがるな」

「あれ、自然に壊れた感じじゃないですよね……なんというか、爆発《ばくはつ》されたみたいな？」

「襲撃されたんだろうぜ」

「じゃ、じゃあ！　あの魔物が近くに？　でも気配は……しないですね」

カイジンとシオン君が周囲を警戒しながら見回す。

遅れて到着した私と殿下も、周囲に魔物の気配がないか探った。念のため、私たち以外に人がいないかも、ルーンで確認している。

ルーンに反応はない。

耳を澄《す》ましてみても、魔物の足音は聞こえなかった。

「一先《ひとま》ず今はいない。建物の中を探索しよう」

「おう」

「は、はい……」

「ルーンが見つかったら、また私に教えてください」

「ああ、頼むよ。じゃあ行こうか」

カイジンとシオン君を先頭に、私たちは破壊された宮殿の中に足を踏《ふ》み入れる。

宮殿に見えるけど、実際そうなのか定かではなかった。

少なくとも、先ほど見た街並みに、これほど大きく豪華《ごうか》な建物はなかったはずだ。

ここが四千年前の王が暮らした場所だとするなら、現代の王子であるアレクトス殿下が足を踏み入れたことは運命なのかもしれない。

「中は思ったより普通《ふつう》じゃねーか」

「ところどころ壊れて……いますけどね」

魔物の出現を警戒しているのだろう。シオン君はビクビクしながら周囲を見ている。

カイジンがそんな彼の頭を乱暴に鷲掴《わしづか》みにする。

「ビビりすぎだっての」

「い、一々わしゃっとしないでくださいよ！」

「お前の頭がちっこくて掴みやすいんだよ」

「理由になってませんから！」

シオン君のツッコミが反響《はんきょう》する。

宮殿内部は想像以上に広かった。一部屋ずつ確認していると、それだけで数時間かかってしまいそうだ。

数部屋確認して何もないと悟《さと》ると、殿下は私たちを先導し始める。

カイジンが殿下に尋ねる。

「どこ向かってんだ？」

「……ここがかつての王が暮らした場所なら、あの部屋があるはずだ」

「あの部屋？」

殿下には何か心当たりがあるようだった。

私たちは殿下の後に続いて、宮殿の廊下をまっすぐ歩いて行く。そうしてたどり着いたのは、とびきり豪華に装飾された鉄の扉《とびら》だった。

「こ、ここですか？」

「ああ」

「開けるぜ」

カイジンが扉に手をかけ、ゆっくりと押《お》し開ける。

扉の先に広がっていたのは、私も知っているあの場所だった。

「ここは……」

「やはりあったか。玉座の間」

現代の王城でも、人々が国王と謁見《えっけん》する際に用いられる特別な部屋。玉座の間はそのまま、王が座る椅子《いす》を祭っている。

赤い絨毯《じゅうたん》の先には、背の高い椅子が一つだけ設置されている。

殿下の予想通り、ここはかつて王が暮らした場所で間違いない。宮殿……というより、ここが王城だったのだろう。

カイジンが周囲をキョロキョロと見回す。

「ぱっと見、何もなさそうだな」

「探さないとわからないですよ」

「まぁそうか。んじゃさっさと探そうぜ」

「手分けしよう」

殿下の指示でいくつかの方角に分かれて探索を開始する。といっても、入り組んだ構造をしているわけでも、特別な建造物があるわけでもない。

あるのは玉座と、赤い絨毯くらいだった。

カイジンとシオン君が左右の壁をくまなくチェックしてくれている。

殿下は入り口付近の壁や、空中に浮遊《ふゆう》しないと届かない天井《てんじょう》を確認してくれていた。

私は玉座を調査する。

この部屋の象徴《しょうちょう》とも呼べる場所だ。もし私が過去の術師なら、適当な床《ゆか》や天井じゃなくて、この玉座にルーンを刻む。

私は玉座の後ろに回った。

「――！　ありました！」

玉座の後ろ、背もたれの部分にルーンが刻まれていた。

私の声に反応して、三人が集まってくる。

と同時に、不吉《ふきつ》な気配が漂《ただよ》い、複数の足音がこちらに近づいてくるのを察知した。

奇《く》しくも戦いのプロではない私が、その音に一番に気づく。

「何か来ます！」

「ま、またさっきの魔物ですか？」

「……いや、足音が違う。こいつは……人？」

部屋の扉が勢いよく開かれる。

現れたのは人の影《かげ》、それ以上の表現はできないほど、人の形をした影が立っている。

それも一人や二人じゃない。

「はっ！　今度は人の真似《まね》かよ！」

カイジンが大剣《たいけん》を構え、攻撃《こうげき》を加えようとする。街での戦闘《せんとう》と同じく、完全に消滅《しょうめつ》するまで斬《き》り続けるつもりだったのだろう。

しかし、カイジンの剣は影の刃《やいば》に受け止められる。

「──！」

「受け止めた⁉」

殿下も驚《おどろ》いて声を上げた。

カイジンの攻撃を、人影《ひとかげ》が複数人で防御して止めている。手の先には剣や盾《たて》の形をした影がある。

武器や装備も、影で再現しているようだ。

「面白《おもしれ》ぇ。それでこそ斬りごたえがあるってもんだぜぇ！」

二撃目。今度は両手で、先ほどよりも豪快《ごうかい》に素早《すばや》く、人影の防御ごと斬り裂《さ》いて吹《ふ》き飛ばした。

吹き飛んだ人影は壁に衝突《しょうとつ》し、粒子状《りゅうしじょう》になって消える。

数秒後、再び粒子《りゅうし》は集まり、人の姿へと戻《もど》った。

「芸がねぇな！」

人影がカイジンに襲《おそ》い掛《か》かろうとする。カイジンは防御の姿勢を取るつもりも、回避《かいひ》するつもりもなかった。

「シオン！」

「ボクを当てにしないでくださいよ」

カイジンに向けられた攻撃は、すべてシオン君が代わりに反撃《はんげき》し、無効化した。

この二人の信頼《しんらい》感は見ている側も安心する。

「また二人に任せますか？」

「そうだな。見た目は人だが、能力はさっきの魔物と同じみたいだし、これなら二人に任せても……！」

殿下《でんか》の表情が変わる。

「殿下？」

「まさか……使えるのか？」

「――!?」

人影たちが右手を前にかざしている。武器を手にしているわけじゃない。

降伏《こうふく》しているわけでも、静止しているわけでもない。

あの動き、手の構え、そして……殿下がいち早く感じ取ったのは、人影に流れる魔力《まりょく》の揺《ゆ》らぎだった。

人影の眼前に、炎《ほのお》の球体が複数出現する。

シオン君とカイジンは、目の前の光景に驚いて反応する。

「魔術!?」

「おいおい、こいつら魔術も使えるのかよ！」

生成された火球は全部で八つ。放たれた火球は決して速くはなかったが、彼らの背後には私たちがいた。

回避すれば私たちに火球が届いてしまう。

二人ともそれを瞬時《しゅんじ》に理解して、防御の姿勢を取った。

「シオン君！　カイジンさん！」

私たちの代わりに攻撃を受ける気だ。

「フレアバースト」

直後、私の背後から彼らと同じ火球が発射された。

魔術を行使したのはもちろん、私の隣《となり》に立っていた殿下だった。

一切《いっさい》の予備動作なく放たれた火球は、二人を襲ったのと同数。そして同規模だった。一つずつ衝突し、爆発して相殺《そうさい》される。

「シオン、カイジン！　今回は手出しするぞ？　相手も魔術を使うみたいだからな」

「助かりました。殿下」

「ま、しゃーねーな」

「メイアナは俺《おれ》の後ろに」

「はい」

前衛をシオン君とカイジンが務め、二人を掩護《えんご》するように殿下も魔術を行使する。

人影の魔術はすべて、殿下の魔術によって相殺される。

どんな強力な術式も、効果を発揮する前に破壊《はかい》すれば無意味であるように。殿下は相手の手を見てから術式を選択《せんたく》し、可能な限り範囲《はんい》を抑《おさ》えて相殺していた。

シオン君とカイジンのコンビも安心できるけど、そこに殿下が加わると、文字通り無敵の布陣《ふじん》に思える。

私みたいな素人《しろうと》は、下手に手を出さないほうがいいと思えるほどに。

だから私は、みんなが戦ってくれている間に思考をめぐらす。

あれは何？

魔物じゃないのはハッキリした。殿下の言う通り、魔術に近い何かであることも。

ここは四千年前の遺跡《いせき》だ。ならば、現代のような魔術は生まれていない。あるのはルーンの魔術のみ。

「なら、さっきの炎も？」

ルーン魔術によって再現している？

不可能じゃない。私もやろうと思えば、人影が起こしたような炎の球を作ることはできる。

大事なのはルーンに込める思い、何を願うかだ。

炎は太陽を意味する【ᛊ】《ソウエル》のルーンで生み出し、攻撃に変換《へんかん》するのは戦を意味する【↑】《ティワズ》のルーンで可能だろう。

そこまでは理解できた。

ただ、あの黒い粒子だけは理解できなかった。

あんな現象を、どうやってルーンの解釈で実現しているのか。四千年前のルーン魔術師は、一体どれほどの想像力を有していたのだろうか。

もしくは、私が知らないルーンが存在するのかもしれない。

四千年の時を超《こ》えて、現代に残されたルーンは二十四文字だけだった。

他にも、長い時間の中で伝わらなかったルーンが存在するなら、この現象を起こしているのも、私が知らないルーンの力?

私は首を横に振《ふ》る。

可能性は低い。なぜなら、これまで解読した石板に、一文字も私が知らないルーンは刻まれていなかった。

ルーンは二十四文字しかないんだ。

私は振り返り、玉座へと視線を向ける。その背に刻まれたルーン……あれを解読すれば、何かわかるのだろうか？

「くっそっ！　どんだけ増えるんだよ！」

「きりがないですよ！」

「――！」

カイジンたちの様子を見て、そんなことを考えている場合じゃないことを察する。

敵の勢いが一向に衰《おとろ》えない。倒《たお》しても倒しても、次々に新しい人影が発生し、いつしか私たちを取り囲んでいた。

「一旦《いったん》集まってくれ！　俺の魔術《まじゅつ》で一掃《いっそう》する！」

殿下が大声で指示し、カイジンとシオン君が下がり、私たちは一か所に集まる。

「ボルテクスリング！」

殿下は雷《かみなり》の魔術を発動させた。リング状の雷が周囲へと拡散、巨大化《きょだいか》し、取り囲んでいた人影を一掃する。

「やったかよ！」

「――！　いや、まだだ」

一瞬《いっしゅん》いなくなった人影が、ぽつりぽつりと数を増やしていく。

「まだ増えやがるのか」

「倒すしかないですよ！　向かってくる以上は敵です」

「だな！　こうなったら消えるまでとことん相手してやるよ！」

「俺も援護《えんご》する。攻撃の種類を変えて、効果があるか試《ため》すぞ」

「……」

彼らが人影と戦闘する中で、私は違和感《いわかん》を覚える。

この黒い影たちも、ルーン魔術によって再現されたものだろう。ならば必ず、どこかにルーンの痕跡《こんせき》がある。

歩き回ってルーンを探すことは、今の状況だと難しい。推測するしかない。

人影はどうして増え続けているのか。

倒すほどに分裂《ぶんれつ》する……違う。それならもっと増えている。今頃《いまごろ》は倍になっているか、一度一掃《いっそう》した時点で消えるはずだ。

増え方も不自然だった。攻撃することで増えるわけでも、放置すれば徐々《じょじょ》に増えるわけでもない。

カイジンが人影に向かっていく。この間にも人影は増えていた。立ち止まり、剣《けん》で切り裂いた際は増えていない。

また向きを変えて、次の人影に攻撃する。

「――！　もしかして……」

「メイアナ!?」

突然《とつぜん》その場でしゃがみ込んだ私に、殿下が驚いていた。

私は地面に手を触れる。微《かす》かに感じるルーンの気配。おそらく地面のさらに下に、ルーン文字が刻まれている。

刻まれている文字はきっと――

「【ᛗ】《マンナズ》と【ᛃ】《イエーラ》」

「何かわかったのか？」

「はい！　地面です！　地面に触れることで、歩数に比例して人影が増えているんだと思います」

「歩数？」

私の意見を聞いた殿下が、戦うカイジンとシオン君の動きに注目する。彼らが地面を踏みしめる度に人影は増え、立ち止まると増殖《ぞうしょく》も止まっている。

「なるほどな。なら――グランドロード！」

殿下は魔術によって新たな地面を生成し、遺跡の地面を覆《おお》うように道を作った。カイジンとシオン君が振り向く。

「俺が新しく作った地面の上で戦うんだ！　そうすれば人影は増えない」

「そうなのか？　そんじゃ遠慮《えんりょ》なく」

「助かりました！」

「お手柄《てがら》だな。メイアナ」

「ありがとうございます」

私は戦いに直接参加することはできない。それでも、ルーンの力で、知識で、彼らを支えることはできる。

私の予想通り、殿下が作った地面に触れても人影は増えなかった。

あっという間に三人の連携《れんけい》で人影の数が減っていく。

残るは三体。二人が一か所に追い込み、殿下の魔術によって一気に破壊する。炎に包まれながら、人影は消滅した。

「今のが最後だぜ」

「やっと終わりましたね。はぁ……」

「二人ともご苦労だった。悪いが、そのまましばらく警戒《けいかい》を続けてくれるか？　俺が作った足場以外は触れないようにな」

「おう。そっちは任せるぜ」

「ボクはちょっと休みたいんですけど……」

「文句言うんじゃねーよ。暇《ひま》ならオレの相手しやがれ」

「ひぃ！　それが一番疲《つか》れるんじゃないですか！」

周囲の警戒は二人に任せて問題ないだろう。殿下はそう言って、私と一緒《いっしょ》に玉座の後ろへと回り込む。

刻まれているルーン文字は全部で四十七文字だった。

「さっきより少ないな。これなら時間もかからないか」

「……いえ」

私はルーン文字に触れ、目を瞑《つぶ》ることで感じ取る。

これは……違う人だ。

「メイアナ？」

「少し時間がかかるかもしれません。この文字を刻んだ人は、これまでの人とは別人です」

「別人？」

「はい」

「どうしてここにきて別人なんだ？」

「わかりません。おそらく理由は……」

このルーンを解読すれば明らかになるはずだ。

「なら、頼んだぞ。メイアナ」

「はい」

文字数はこれまでの中で一番少ない。けれど、初めて解読するルーンには、相応の時間と理解が必要になる。

歩き通しだった私たちは、一旦ここで夜を明かすことにした。

夜と言っても、時間を確認してそうだとわかるだけで、地下だから日の光も、月明かりも届きはしない。

「夜通しの作業はしないように。外に出られた時、感覚がおかしくなる」

「はい」

「見張りは交代でいいんだよな？」

「ああ。交代で仮眠《かみん》をとろう。まずは俺が見張りをするから、お前たちは休め。連戦で疲れているだろう？」

「オレは全然平気だぜ？」

「ボクは疲れたので休みたいです……」

シオン君は相変わらず正直だった。聖剣《せいけん》を抜《ぬ》いている時の凛々《りり》しさが、そうじゃない時にも見られる日が来るのだろうか。

呆《あき》れるカイジンも多少の疲れは感じているらしい。

二人はすぐに寝息《ねいき》を立てている。玉座の前で大の字に寝転《ねころ》がったカイジンと、その横で小さく丸まっているシオン君。

寝方《ねかた》一つでも、二人は正反対だった。けれど、視界に二人がいる光景が、なんだか一番しっくりくるようになっていた。

「本当に兄弟みたいだな」

「そうですね」

私は解読を休憩して、殿下と二人で眠《ねむ》るシオン君たちを見守る。

「カイジンが来てくれてよかった。シオンにはいい刺激《しげき》だ」

「少しやり過ぎるところもありますけどね」

「そうかもな。シオンはあの性格だが、実力は騎士団《きしだん》の中でも図抜《ずぬ》けていた。そのせいで、対等な相手は一人もいなかった」

カイジンが現れるまでは……と、殿下は続けて語った。

普段《ふだん》はオドオドしているけど、シオン君は紛れもなく聖剣に選ばれた勇者だ。その強さを皆が知っている。

訓練でも、実際の戦闘でも、彼の本気を引き出せる人はいなかった。

でもカイジンは、笑いながらシオン君の強さに並ぶ。一歩引いて他人と接するシオン君の間合いに、彼が強引《ごういん》に踏み込んだ。

遠慮していたのは、シオン君だけじゃなかったのだろう。

周りの皆が、シオン君に気を遣《つか》って、大きく一歩踏み出そうとしなかった。

「嫌々《いやいや》言っているが、シオンも嬉《うれ》しいのだろうな。対等に、自分と正面から向き合ってくれる相手がいてくれて。本人は認めないだろうが」

「ふふっ、そうですね」

シオン君は臆病《おくびょう》だけど、それでいて意地っ張りなところがあるから、と私は笑う。

私や殿下とは違う。きっと同じにはなれない二人だけの距離感、関係性が、ちょっぴり羨《うらや》ましいと思った。


翌日。

「朝食の準備ができましたよ」

私が用意した朝食を囲んで、みんなが腰《こし》を下ろした。

朝になり、交代で見張りをしてくれていたカイジンも、大きな欠伸《あくび》をしてやってくる。

「ふぁーあ、暇だったぜ」

「お疲れ様《さま》でした。食べ終わったらボクが代わります」

「おう。頼むぜ」

カイジンはとても眠そうだ。私が眠っている間も、彼らが見張ってくれていた。そのおかげで安心して眠ることができる。

「ありがとうございます」

「おう。もらうぜ」

「メイアナは料理もできるんだな」

「はい。一応は、簡単なものしかできませんが」

ルーン魔術《まじゅつ》の勉強の傍《かたわ》ら、必要になりそうな知識や技術は、できるかぎり習得している。

ルーン魔術は多様な解釈が必要になる。そのためには、あらゆる知識や経験を獲得《かくとく》し、思考の幅《はば》を広げなければならない。

料理もその一つとして覚えた。普段はあまり活用する機会がなかったけど、こういう時には役に立つ。

「王城の料理人以外の食事は久しぶりだな」

「――――！」

今さらだけど、私が作った料理を殿下に食べてもらうのは初めての経験だった。

王子様に食べてもらうわけだから、もっと豪華にするべきだった？

ここは遺跡の中だし、最低限しかふるまえないことを申し訳なく思う。もっと勉強しておけばよかった。

「美味《おい》しいな。好きな味だ」

「あ、ありがとうございます」

私の不安を察してか、殿下は優《やさ》しく微笑《ほほえ》みながらそう言ってくれた。嬉しさに、心が温かくなる。

「メイアナがいてくれてよかったよ。料理なんて、俺たちにはできないからな」

「いえ。私は戦うことができないので、それ以外でお役に立てたなら何よりです」

「ルーンの解読という大役もあるだろう？　俺たちよりよっぽど働いてくれている。本当に助かっているよ。ありがとう」

「殿下……」

心からの感謝を受け取り、充実感《じゅうじつ》で胸がいっぱいになる。

殿下のこういう何気ない一言や優しさが、いつだって私の背中を押してくれる。

自分なんて何の取り柄《とえ》もない。一人ならそう思ってしまう私だけど、殿下と一緒にいるときは、こんな自分でも誇《ほこ》れるものがあると思える。

ただ傍《そば》にいてくれる。それだけで前向きになれるのは、殿下だけだった。

今日も頑張《がんば》ろう。朝食を食べながら、私は気合を入れた。

その後、私は休憩を挟みつつ、ルーンの解読に勤《いそ》しんでいた。シオン君たちは周囲を警戒してくれている。

「シオン、ちょっと訓練でもしようぜ」

「暇だからってボクは相手しませんよ！」

「あ？　いいじゃねーか」

「ダメですよ！　一応ここ、遺跡の中なんですからね！」

退屈《たいくつ》そうにため息をこぼすカイジンと、退屈しのぎの相手をさせられそうになって焦《あせ》るシオン君のやり取りが聞こえる。

待たせてしまって申し訳ないと思いながら、私は手を動かす。

「無理に急がなくていい。まだ二日目だ」

「ありがとうございます。でも、思ったより早く解読できそうです」

「そうなのか？」

「はい。この人も、最初に解読したルーンの魔術師《まじゅつし》と、思考のパターンが似ているみたいなので」

おそらく、同じ人からルーンを学んだのだろう。

ここは四千年前、魔神《まじん》と戦ったルーン魔術師が残した遺跡だ。つい昨日見た記憶《きおく》で、ルーン魔術師たちは同じ師匠《ししょう》からルーンを学んだことを知った。

似たような環境《かんきょう》で育ち、考え方を学んだのなら、思考が近くなるのも理解できる。

おかげで解読もやりやすい。

まったくの別人のルーンを解読するより、何倍も捗《はかど》る。


朝から始めて六時間弱、最後の一文字の解読が終わったので、殿下に改めてお願いする。

「別人のルーンですが、やりたいことは同じだと思います」

「記憶を見る、か」

「はい。またお願いします」

「わかった。このセリフが合っているかわからないが、気をつけていけ」

「はい」

殿下から見送りの言葉を貰《もら》って、私は解読したルーンを読み上げる。

同じだ。最後の一文字を読み上げた瞬間《しゅんかん》、私の脳内にあふれ出す四千年前の記憶。

◆◆◆

真っ白な空間から始まるのは一緒らしい。

私は目を凝《こ》らし、耳を澄ませる。すると、徐々に視界が開けてきて、感情と共に声が流《なが》れ込《こ》んでくる。

このルーンを刻んだのは女性だったらしい。見覚えのある人物たちと一緒に、彼女《かのじょ》たちは宮殿にやってきた。

宮殿がある街は、すでに魔物《まもの》によって破壊され、無残に荒《あ》らされてしまっていた。手遅《ておく》れだった。

より多くの仲間を集め、たくさんの人を救うために、私たちはもっとも栄えている都に足を運んだ。

見ての通り、魔神と魔物によって破壊された後だった。

私たちは仲間と一緒に、生存者がいないか探索《たんさく》した。都と呼ばれるだけの場所だ。多くの人たちが暮らしていたはず。

それなのに、誰一人として残っていない。声をかけても、返事はない。死体すら残っていないことに不自然さを感じながら、私たちは宮殿に入った。

ここも同じか。

宮殿に人の気配はなく、残っているのは痛々しい血の痕《あと》だけだった。

魔神は魔物を引き連れて、街や宮殿の人々を殺して、死体をどこかに持ちさったらしい。

一体何のために？

魔神とは何なのか？

魔物はどうやって生まれたのか。

私たちは考えさせられた。そして一つ、誰《だれ》もが気になっていた疑問があった。

「ねぇ、先生はどこにいるの？」

ある日、私は尋《たず》ねた。私たちは同じ師の下でルーン魔術を学んでいた。

彼《かれ》は師匠の一番弟子《でし》で、私たちのまとめ役をしてくれていた。

私たちが師匠の元を離《はな》れて暮らしていた間も、彼は師匠のところに残ったと聞いている。

彼なら、師匠のことを知っているはずだと思った。

私たちの師匠は、ルーン魔術を生み出した人だった。師匠もこの戦いに参加してくれたら心強いと、誰もが思っている。

その師匠はどこにいるのだろうか？

世界がこんな状況《じょうきょう》なのに、何もせず隠居《いんきょ》するような人じゃなかった。だから尋ねた。みんな聞きたくて、でも怖《こわ》くて聞けなかったことを……。

彼は答えてくれなかった。

上手《うま》くはぐらかされてしまった。その時点で、私たちは察した。

師匠はいない。もしかすると、師匠はすでに魔神と戦って、命を落としてしまったのかもしれない。

もしそうだとしたら……許せない。

家族や友人だけじゃなくて、私たちにルーンの恩恵《おんけい》を与《あた》え、いろんなことを教えてくれた先生の命まで奪《うば》うなんて……。

絶対に許せない。

皆《みな》が思った。必ず、この手で魔神を倒してみせると。

この日を境に、私たちの団結力はより強固になった。ただ一人、彼だけは……とても悲しそうな表情をしていた。

「四千年前に、ルーン魔術が誕生したのか」

「はい。魔神を封印《ふういん》した人たちは、ルーン魔術を作った人の弟子だったみたいです」

記憶から目覚めた私は、新しく知った情報を殿下たちに伝え聞かせた。

玉座の間で腰を下ろし、三人が私の話に耳を傾《かたむ》ける。

話を聞き終わったところで、カイジンがぼそりと呟《つぶや》く。

「奇跡《きせき》だな」

そう、奇跡だと思う。

魔神が誕生した時に、ルーン魔術が存在していたことが。

もしもルーン魔術がなければ、人類はなす術《すべ》もなく滅《ほろ》ぼされてしまっていただろう。ルーン魔術が同時期に生まれたことは、奇跡だ。

初代のルーン魔術師が、その知識と技術を弟子たちに伝えていたことも含《ふく》めて。

殿下が私の顔を見て言う。

「魔神を封印したのはその弟子たちだが、彼らにルーンを教えた師匠こそ、人類を救った英雄《えいゆう》だな」

「はい。私もそう思います」

その人物が次の世代に繋《つな》いでくれたからこそ、私たちの今がある。

私の、ルーン魔術師としての今も、最初にルーンを生み出した人が、弟子の皆さんに伝えてくれたおかげだろう。

すべては繋がっている。

人の思いも、ルーンの歴史も……ここには、私たちルーン魔術師の起源が眠っているようだ。

「そんじゃ、先に進もうぜ」

「えぇ……もう時間的に夕方じゃないですか？　このまま休んだほうが……」

「もう十分休んだだろうが！　行こうぜ、王子様」

「そうだな。少しは進んでおこう。と言いたいが、次に進む道がわからないままなんだよ」

私が解読を進めている間、カイジンが周囲の探索をしてくれていた。

暇だったから、休憩《きゆうけい》中に勝手に出歩いていたらしいけど、そのおかげでわかったこともある。

次に進む廊下《ろうか》がどこにもなかったということだ。

道がなければ進めない。殿下は頭を悩《なや》ませている。

「それは大丈夫《だいじょうぶ》だと思いますよ」

「どういうことだ？」

「カイジンさん」

「ん？　なんだ？」

私はカイジンを近くに呼び寄せた。

ここはかつて滅ぼされてしまった宮殿《きゅうでん》をモチーフにしている。おそらく構造も、当時のものに寄せているはずだ。

それなら……。

「カイジンさん、この椅子を押《お》してもらえませんか？」

「押す？　どっちに？」

「入り口側です」

「わかった。押せばいいんだ？　そーらよっと！」

カイジンのパワーで玉座が押されると、ゴゴゴという音を立てながら、椅子《いす》の下に階段が現れる。

驚いた殿下が私に視線を向ける。

「王族の方が逃《に》げるための隠《かく》し通路です」

「よく見つけたな」

「ルーン文字の記憶にありました。当時は使う暇もなかったみたいですけど」

本来は有事の際、王族だけでも逃げられるようにと作られた隠し通路。しかし実際に使われた形跡《けいせき》はなかったようだ。

カイジンが中を覗《のぞ》き込む。

「奥《おく》に続いてるみたいだぜ？　たぶんそんな深くはねーな」

「なら行こう。休憩は、次の場所に着くまで我慢《がまん》してくれ」

「うぅ……わかりました」

しょんぼりしているシオン君も一緒に、私たちは隠し通路の階段を下る。

カイジンの予想通り、そこまで深く下っているわけじゃなかった。すぐにこれまで通ったような廊下が現れる。

私たちは再び廊下を進み始める。これまでのように入り組んだ迷路《めいろ》にはなっておらず、廊下は一本道だった。

長い廊下を進んでいくと、再び開けた場所に到着《とうちゃく》する。

「今度はなんだ？　何もねーぞ？」

カイジンが呆れたような顔でそう言った。

確かに何もない。建物は見当たらなかった。天井と壁《かべ》が広く、ゴツゴツとした岩場が渓《けい》谷《こく》のようになっている。

今までとは明らかに雰囲気《ふんいき》が違《ちが》っている。

「もしかして……崩《くず》れちゃったとか？」

シオン君がぼそりと呟いた。

その可能性も脳裏《のうり》に過る。四千年の月日は、私たちが想像できないほど長い。果てしない時間の中で、遺跡が劣化《れっか》しても不思議じゃない。

いかに強力なルーン魔術で守られていたとしても、刻まれたルーンは時間経過と共に摩《ま》耗《もう》し、効果は薄《うす》れていくから。

「だったらどうすんだ？　ここで行き止まりってわけじゃねーだろ」

「次の道を探すしかないな。手分けして探そう」

「ま、待ってください！　何かいます！」

シオン君が叫《さけ》び、岩山のてっぺんを指さした。

そこには人影《ひとかげ》がいた。宮殿で戦ったのと同じ……ではないことが、私にもわかるほどはっきりと、強力な殺気を纏《まと》っている。

全員が息を呑む。

「メイアナは俺の後ろに。二人とも武器を取れ」

「おう。言われなくてもそうするぜ」

「や、やるしかない……みたいですね」

いつになく真剣《しんけん》な表情を見せるカイジンと、怯《おび》えながらも戦うために聖剣を抜くシオン君。二人の緊張感《きんちょうかん》が私にも伝わってくる。

静寂《せいじゃく》が包む中、人影の姿が消えた。

「――シオン！」

「っ……」

気づけば人影がシオン君の隣に立ち、彼を攻撃《こうげき》していた。

シオン君は吹《ふ》き飛ばされて、岩山に激突《げきとつ》する。

「シオン君！」

「メイアナ！　君は下がるんだ！」

殿下《でんか》が私を守ろうと前に立った。

明らかに、これまで彼らが戦った影とは強さが違う。聖剣を抜いたシオン君が反応できなかったのがその証拠《しょうこ》だ。

「この野郎《やろう》！」

カイジンが攻撃を仕掛《しか》ける。

額に血管が浮《う》き出るほど本気で剣を振るっていた。しかし、カイジンの攻撃を人影は片手で受け止める。

「――――!」

反対の手には剣のような影が握《にぎ》られていた。意表をつかれたカイジンの首を、影の剣が切り落とす。

「シオン⁉」

「油断……しないでください!」

ギリギリのところで首を狙《ねら》った攻撃は、シオン君の聖剣が受け止めてくれた。

「お前……はっ!　どっちがだ!」

シオン君が受け止めている間に、カイジンが相手の手を振り払《はら》い、再び大剣《たいけん》で攻撃を仕掛ける。

人影は大きく後退し、二人から距離《きょり》を取った。

「はっ!　そっちも首が弱点か?」

「二人ともよかった……」

二人が無事であることに、ホッと胸をなでおろす。とはいっても、まだ安心できない。

依然、恐《おそ》ろしい敵は健在だ。

「動けるか？」

「大丈夫です。もう当たりません」

「言うじゃねーか。そんじゃ、全力だ」

「はい」

二人の雰囲気も変わる。これまでの戦いとはうって変わり、全力で戦うことを選択した二人は、一気に間合いを詰める。

しかし本気になった二人の動きにも、人影は対応してくる。苦戦する二人の前に、炎《ほのお》を纏った剣を振るう殿下が立つ。

「俺も手伝おう。剣を振るうのは久しぶりだが、腕《うで》は鈍《にぶ》っていないぞ」

殿下の手に握られているのは、リージョン殿下より譲《ゆず》り受けた炎の魔剣《まけん》サラマンダーだ。

殿下の魔力《まりょく》を消費し、猛々《たけだけ》しく燃える炎が斬撃《ざんげき》と共に放出される。炎を纏った斬撃の破《は》壊力《かいりょく》はすさまじく、地面を簡単に抉《えぐ》り溶《と》かすほどだ。

「はっ！　頼《たの》もしいじゃねーか！」

「気を抜かないでください！」

「てめぇもな！　シオン！」

殿下の戦いを見て士気が上がり、カイジンとシオン君の攻撃もより鋭《するど》くなる。

激しすぎる戦闘《せんとう》は、もはや私の目には追えない。

三人の圧倒的《あっとうてき》な強さを前に、人影は未《いま》だ倒れず応戦している。決定打を与えられないことに、殿下は焦りを感じている様子だった。

「まずいな。これでも簡単に倒れないとすれば、こちらが不利だ。仕方ない」

殿下は大きく後退し、私の隣《となり》まで移動した。魔剣を横に構え、左手は刃《やいば》に触《ふ》れ魔力を集中させる。

一撃《いちげき》で決めるつもりだ。

再構築できないように、強力な魔術を放って消し飛ばすつもりでいる。たぶん二人も、殿下に攻撃がいかないように引き付けている。

三人とも瞬時《しゅんじ》に、自分の役割を見つけた。

「【↑《ティワズ》】」

「メイアナ？」

「微力《びりょく》ですが、私もお手伝いします！」

私一人だけ、何もせずぼーっと見ているなんてできない。直接戦えない私だけど、やれることはある。

私を見て、殿下は笑《え》みをこぼす。

「ああ、頼む！」

「はい！」

殿下が選択《せんたく》したのは光の魔術だった。広範囲《こうはんい》すぎると周囲を破壊《はかい》し、この空間が崩れてしまう恐れがある。

狙いを定めやすく、一撃の威力《いりょく》が高い光の魔術の効果を、私のルーンが底上げする。

それに、光ならば私も同じことができる。

「【ᛊ《ソウエル》】」

太陽の光。優しき光は時に、大地に、生物に、人々に試練を与える。超強力《ちょうきょうりょく》に圧縮された光が、私と殿下の前に生成された。

太陽は熱と炎の塊《かたまり》だ。殿下が持つ炎の魔剣と相性《あいしょう》がいい。炎、光、熱……三つの力が一つに合わさる。

人影が凄《すさ》まじい光に気づいた。

「させねぇよ！」

「ボクたちは無視できない！」

しかし、二人が邪魔《じゃま》をして人影の動きを制限している。おかげで準備は整った。

「行くぞ、メイアナ」

「はい！」

殿下の魔術と私のルーン、二つの力を集結した光の柱が放たれる。光の柱は熱と炎を纏っていた。

シオン君とカイジンは、ギリギリまで人影をひきつけて離脱《りだつ》、光の柱は人影を呑《の》み込み、岩肌《いわはだ》を貫《つらぬ》く。

可能な限り範囲《はんい》を抑《おさ》えて、威力を集中させた一撃だ。

「これなら……⁉」

「おいおい、マジかよ」

凄まじい一撃を受けて尚《なお》、人影は立っていた。

半身が吹き飛んでいるみたいだけど、完全に破壊できなかった以上、再構築され襲《おそ》い掛《か》かってくるだろう。

カイジンとシオン君が武器をとり、殿下ももう一度術式を発動させようと手を動かす。

私も殿下に合わせて、ルーンを使った。

「――！　殿下！」

「……どういうことだ？」

私と殿下は驚《おどろ》き目を見開く。

半身が残った人影は、再構築することなく、風にまかれた砂のように消えていく。カイジンとシオン君も驚いて、剣《けん》を下ろした。

「倒《たお》した……んですか?」

「どうなってやがる? あれで倒せたなら、今まで何だったんだ?」

「ボ、ボクに聞かれても……」

全員が困惑《こんわく》する中、さらに奇妙《きみょう》なことが起こる。

私たちの前に聳《そび》え立っていた岩肌が、砂になって小さく消えていく。代わりに緑豊かな森が現れ、私たちを囲む。

地面も湿《しめ》り気《け》を帯びて、雰囲気まで完全に森へと変化してしまった。

私たちはさらに困惑し、周囲を見回す。

「おい、どうなってやがる?」

「も、森になっちゃいましたよ?」

「殿下、これは……」

「幻影《げんえい》の術式……にしては実感がありすぎる。それに魔術を行使した気配は……!」

殿下が何かに気づいたらしい。その視線に合わせて目を向けると、森の中心部に小屋のようなものがあった。

木々に囲まれ、コケやツタが覆っている古い小屋がある。

「あんなもん、さっきまでなかったぜ？」

「だ、誰かいるんでしょうか……」

「確認《かくにん》してみます」

私は【ᛗ】《マンナズ》のルーンを発動させる。人がいれば、その気配を察知してくれる。

ここは四千年前の遺跡《いせき》の中だ。人がいるはずがない。

ルーンに反応もない。そう、いるはずがないんだ。

それなのに……。

「——どうぞ、中へ」

全員が驚愕《きょうがく》する。

声が聞こえた。女の人の声だった。妖艶《ようえん》で、透《す》き通るような声が私たち全員の耳に届いていた。

幻聴《げんちょう》ではなく、鼓膜《こまく》が震《ふる》えたという確かな実感がある。

「行くしかないか」

殿下の言葉に応えるように、カイジンはこくりと頷《うなず》く。武器に手をかけ、最大限の警戒《けいかい》をしながらゆっくりと小屋に近づいた。

未だルーンは気配を察知できない。これだけ近づいているのに、声以外で人がいることがわからない。

不気味に思いながら、私たちは小屋の扉《とびら》を開けた。

「やっと来てくれたわね。そんなに警戒しなくても、私は敵じゃないわ」

そこには一人の女性が座《すわ》っていた。

透き通るような白い肌《はだ》と、同じくらい綺麗《きれい》で光を反射する白い髪《かみ》に、青い瞳《ひとみ》が特徴的《とくちょうてき》で、どこか人ではないような……妖艶な雰囲気がある。

私は見惚《みと》れてしまった。

きっと私だけじゃなくて、殿下やシオン君、カイジンまでも言葉を失っただろう。

引き込まれるような魅力《みりょく》がある。

「人と話すのは四千年ぶりだから、ちょっと緊張するわね」

「四千……？」

誰もが言葉を忘れる中で、私は小さく声を発する。

「あなたは……」

彼女は私と視線を合わせて、ニコリと微笑む。

そして――

「私はダチュラ。この地に魔神を封印したルーン魔術師の一人よ」

名を告げた。

偉大《いだい》な功績を残し、世界を救った英雄が……私たちを出迎《でむか》えてくれた。

第三章◆この痛みの理由

四千年という果てしない時間の流れを越《こ》えて、現代に伝わったルーン魔術。その原点を集結した遺跡では、何が起こるかわからない。

何が起こっても不思議じゃない。そういう意識で私たちは調査に臨んだ。

それでも、ここまで驚かされるとは、誰も予想していなかっただろう。

会えるはずない。

生きているはずがない人が、私たちの目の前にいる。

「ごめんなさいね？　ちゃんと歓迎《かんげい》してあげたいのだけど、こんな場所じゃお茶の一つも用意してあげられないわ」

彼女はニコリと微笑む。

不思議な雰囲気の女性は、私たちを手招きする。

「どうぞ、中に入ってちょうだい。疲《つか》れているのでしょう？」

「……本当に、過去のルーン魔術師なのか？」

訝《いぶか》しむように殿下が尋ねた。

まったく同じ疑問を、私たち全員が抱いている。

ダチュラはキョトンと首を傾《かし》げて、殿下にゆっくりと近づいてくる。敵意はないのか、殿下も拒否《きょひ》はしない。

「あなた……」

近づいてきたダチュラは、殿下の顔をじーっと覗き込む。

「……？」

「ううん、その疑問は正しいわ。信じられないわよね？」

ダチュラは私たちに背を向けて、最初に座っていた場所の前まで戻《もど》った。くるりと体の向きを変えて、妖艶な笑みを見せる。

「でも、本当よ？　私は四千年前から、ここにいるわ」

「……」

「おいおい、さすがに信じられねーぞ。人間が、そんな長生きできるわけねーだろうが」

「その通りよ、カイジン」

「──!?　なんでオレの名前を……」

カイジンが警戒して、一歩下がり身構える。

私たちも驚いていた。彼女と対面してから、誰もカイジンの名前を呼んでいない。

ダチュラは笑みを崩さず続ける。

「ここに来るまで、たくさん名前を呼ばれていたでしょう？　だから知っているわ」

そう言って彼女は、一人一人に視線を向けて名前を口にする。

「とっても臆病《おくびょう》な勇者さん、シオン」

「は、はい！」

「殿下、って呼ばれていたから、王子様かしら？　アレクトス」

「……正解だ」

「そして……」

彼女は最後に、私へと視線を向ける。

「私と同じ、現代のルーン魔術師、メイアナ」

常に笑顔《えがお》だったけれど、ほんの少しだけ、私と視線を合わせた瞬間、それが崩れたように見えた。

本当に一瞬《いっしゅん》で、気のせいだったのかもしれないけど。

「……あなたも、ルーン魔術師なんですね？」

「ええ。言ったでしょう？　魔神を封印したルーン魔術師の一人よ」

「やっぱ信じらんねーな！　人間が四千年も生きられるか！」

「そうね。じゃあ、これが証拠になるかしら？」

ふわりと蝶《ちょう》が舞《ま》うように、ダチュラはカイジンの目の前に移動していた。

けっして速く動いたわけでも、意表をついたわけでもない。けれど、カイジンが驚くほど、彼女の接近は自然で、気づけなかった。

ダチュラの右手が、カイジンの胸に触れて……突《つ》き抜《ぬ》ける。

「──!?」

「カイジンさん！」

私はカイジンが胸を貫かれたと思い焦った。けれど、すぐにそれが誤解であることに気づかされる。

カイジンは唖然《あぜん》としながら、自分の胸に視線を向ける。

「……これは……」

カイジンの胸を貫通《かんつう》したように見えた右腕《みぎうで》は、そのまますると抜けるように、腋《わき》から横に抜ける。

驚いているカイジンは、今度は自分からダチュラに触れようとする。

しかし、触れることができない。

カイジンの手は、掴《つか》もうとしたダチュラの肩《かた》をすり抜けてしまう。まるで、そこに身体がないかのように……。

「人間なら四千年生きられない。あなたの言う通りよ、カイジン。人間の肉体は、四千年という月日には耐《た》えられないの」

「お前……」

「今の私は霊体《れいたい》、魂《たましい》だけの存在よ。肉体は、魔神を封印した時に失ったわ」

ダチュラはくるりとその場で回転し、優雅《ゆうが》に踊《おど》るようにしてカイジンの前から離れる。

そのまま私たちの前に戻り、ピタッと動きを止めて私たちと向き合う。

「ここは魔神を封印した地。私は封印した魔神を監視《かんし》するために、魂だけになってここにいるのよ」

「そんな……」

四千年もの間、魔神の封印を見守るために、たった一人でここにいる。それがどれほど辛く、悲しいことなのか。

若輩者《じゃくはいもの》の私には想像を絶する。

ダチュラと視線が合い、彼女は優《やさ》しく微笑《ほほえ》みかけてくれる。

「そんな顔しないで、メイアナ」

「――！」

「私がこうなったのは自分の意思よ。後悔《こうかい》はしていないわ」

「……」

「ただ、寂《さび》しさは感じていたの。だから嬉《うれ》しいわ。こうして人と、久しぶりに話をすることができたもの」

「ダチュラさん……」

彼女の発言は真実か、それとも嘘《うそ》なのか。

信じられないことではあるけど、彼女の言葉に全員が引き込まれていた。その妖艶な雰囲気や、透き通るような声色《こわいろ》に。

荒唐無稽《こうとうむけい》な話も、信じたくなる。

いいや、信じるべきかもしれない。この遺跡で人と出会った。その時点で、奇跡と呼べる出来事なのだから。

カイジンが小さくため息をこぼし、腰《こし》に手を当てて尋ねる。

「あんたがルーン魔術師だっていうならよ、なんで急に出て来たんだ？」

「そ、そうですよ！　さっきまで変な化け物が暴れていたのに」

「岩場が急に森になりやがった」

「ごめんなさいね。避難《ひなん》していたのよ」

「避難？」

「ええ」

ダチュラは小さく頷いて、小さな窓ガラスから外を見つめる。

「あれは……魔神《まじん》の余波よ」

「――！」

「魔神の封印は弱くなっているわ。その影響《えいきょう》で、魔神の力が漏《も》れ出してしまっているの。まだほんの一部だけど」

「あれが……魔神の力の……」

ほんの一部？

みんなが死力を尽《つ》くし、ようやく退けることができた相手が、魔神の一部でしかないことに驚愕する。

カイジンは笑みをこぼした。それは焦《あせ》りや不安ではなく、歓喜《かんき》するように。

誰よりも強さを求めるカイジンが、魔神の強さに引き込まれている。

「霊体でも、さっきの怪物《かいぶつ》は危険なのか？」

「ええ」

殿下の質問に、ダチュラは即答《そくとう》した。

実体のない彼女《かのじょ》に、私たちは触れることができない。ただし、魔神の力は例外であるようだった。

だから彼女は自らの存在を隠し、身を守っていたという。

そこに私たちがやってきて、怪物を追いやってくれたから、こうして姿を見せることができたのだと。

「感謝しているわ。でも、あれをいくら退けても、時間が経《た》てばまた現れるわ。魔神の封印を組み直さない限りね」

「そのために、俺《おれ》たちはここに来たんだ」

「ええ、知っているわ」

彼女は舞うように歩き出し、私たちの間を通り抜けて、扉に手をかける。

「付いてきて。案内するわ」

私たちはダチュラに連れられ、小屋の外に出た。

小屋から出て森の中を進むと、先へと続く廊下の入り口があり、彼女の案内で先へと進んでいく。

「霊体の癖《くせ》に、さっきの小屋には触れられるのかよ」

「あれはこの遺跡に刻まれたルーンの力を借りて、私が作ったものなのよ。だから私でも触れられるわ」

「ルーンに、ダチュラさんの意識が込《こ》められているんですか？」

「さすがね。その通りよ」

私たちは彼女に思い思いの質問を投げかけていた。

なんでもわかりやすく、丁寧《ていねい》に答えてくれるから、自然と質問が浮かぶ。いつしかわずかにあった警戒心《けいかいしん》すら薄れていく。

「シオン、お前もなんか聞いとけよ」

「え、ボ、ボクはいいですよ」

「あん？　遠慮《えんりょ》するなよ」

「それ……カイジンさんのセリフじゃないですよね」

シオン君だけはまだ警戒しているのか。というより、初対面の女性だから緊張しているのだろうか。

少し離れて歩いている。

カイジンがシオン君をからかっている横で、ダチュラが殿下の隣に移動する。

「ねぇ、王子様」

「なんだ?」

「外の世界はどうなっているの? 四千年も経ったのだし、凄《すご》く変わっているのでしょう?」

「そうだな。きっと変わっていると思うよ」

「素敵《すてき》ね! 見てみたいわ」

楽しそうな笑みを浮かべて、彼女はくるりと回転し、私たちより一歩前を歩く。

その後ろ姿を、私と殿下は見つめ、視線が合う。

きっと、私たちは同じことを考えているに違いない。

そうこうしているうちに、私たちの目の前には、明らかに今までとは雰囲気が異なる黒い扉が現れた。

金属であることは確かだけど、とても硬《かた》く重そうで、少なくとも鉄じゃない。

私でも感じ取れるくらい、禍々《まがまが》しい魔力の流れを感じる。扉を見て、私たちは直感した。

「この奥に魔神が封印されているのよ」

私たちの直感を言葉にしてくれたのは、扉の前に立っているダチュラだった。

ニコニコしていた彼女が、初めて険しい表情を見せる。

「行こうぜ！　魔神のところへよぉ！」

「ちょっ、怖《こわ》いとかないんですか？　カイジンさん」

「今さらだろ？　オレたちはそのために集まったんだ。お前もそうだろ、シオン」

「それは……そうですけど」

カイジンはやる気満々だった。先ほどの話で、魔神の強さの片鱗《へんりん》を垣間見《かいまみ》てから、戦いたくてうずうずしているようだ。

私も、カイジンのように戦いたい訳じゃないけれど、前へ進むことには賛成だった。

彼《かれ》の言う通り、私たちは魔神を封印《ふういん》するためにここへ来た。

今こそ、ルーンの魔術師《まじゅつし》としての役割を果たす時だ。

「無理よ。カイジン」

「あん？　オレが負けるって言いてーのか？」

「違うわ。進めないのよ、これ以上」

「……は？」

キョトンと首を傾げるカイジンをよそに、ダチュラは扉に触れようとする。

瞬間《しゅんかん》、霊体であるはずの彼女の手がバチッと激しい音を立てて弾かれてしまった。

「見ての通りよ。ここはすでに封印の第一段階、扉に刻まれたルーンによって拒絶《きょぜつ》されるのよ」

「は？　おい、封印したのはお前らなんだろ？　だったら解除できるだろ」

「残念ながら無理ね。今の私はただの霊体、魂だけの存在よ。遺跡に刻まれたルーンをちょこっといじって、ルーン魔術《まじゅつ》の再現はできるわ。でも、それ以上はできない」

ダチュラは聳え立つ扉を見上げる。

私も彼女と同じように扉を見つめ、刻まれたルーンの文字数に驚かされる。過去最多……二百文字を超えている。

「メイアナ、あなたしかいないわ」

「――――！」

「わかっているのでしょう？　この扉はルーンを解除しないと開けることができない。それができるのは、ここまでたどり着いたルーン魔術師、あなただけよ」

「……はい」

もちろん、わかっている。

私は現代のルーン魔術師で、遺跡を見つけ、魔神を再び封印するため、殿下に選ばれた。

ルーンのことは私がすべきで……いいや、私にしかできない。

私は改めて扉を見つめ、殿下に言う。

「私がこの扉のルーンを解読します。ただ……時間がかかります」

「どのくらいかかりそうだ？」

「正確なことは……一日や二日では終わらないと思います」

過去最多の文字数。加えて、私の感覚が間違《まちが》っていなければ、このルーン文字を刻んだ魔術師は一人じゃない。

私はダチュラに視線を向けると、彼女は私が思い浮かべたことを肯定《こうてい》するように、小さく頷いて続ける。

「それで合っているわ」

やっぱり、この扉は一人のルーン魔術師が作ったものではない。

おそらく四千年前、魔神と戦ったルーン魔術師たちが総力を結集して作ったものだ。

最多の文字数に加えて、複数人の意思によって構成されたルーン……解読の難易度は当然、過去最高になる。

最初に解読した石板よりも時間がかかる可能性もある。

もちろん、これまで読み取ったルーン文字の傾向《けいこう》や、彼らが同じ師匠《ししょう》の下でルーンを学んだことを考慮《こうりょ》すると、規則性はあるはずだ。

それを見つけ、解読することができれば……。

「そんじゃ、ここで解読待ちするか?」

「……いいや、それだけ時間がかかるなら、食料の備蓄《びちく》も心もとない。可能なら、一旦戻《いったんもど》ることも視野に入れたいな」

「も、戻るって、今来た道をですか? 行って戻ってくるだけで何日もかかっちゃいますよ?」

「そうだな……」

殿下は頭を悩《なや》ませている。

私がもっとテキパキ、難読ルーンも一瞬で解読できる天才なら、この状況をあっさりと解決できたかもしれない。

無理なことは理解している。でも、そう思うと少し悔《くや》しかった。

「それなら、私が送ってあげるわ」

「え?」

ダチュラがぱちんと指を鳴らした。

瞬間、視界が一変する。動揺《どうよう》と困惑で、私たちは周囲を確認した。

「こ、ここって!」

「オレらが入ってきた入り口の……」

「戻ってきたというのか？」

殿下がダチュラに視線を向ける。彼女はニコリと微笑む。

「ここに刻まれているルーンの力を少し借りたのよ。私がいれば、あの扉の前までなら一瞬で移動できるわ」

「はっ、便利だなそりゃ！　さすが四千年！」

「あら、信じてくれたのね」

「別に？　ただ考えるのが面倒《めんどう》になっただけだ」

カイジンらしい考え方だ。

ルーンを使った瞬間移動。私は試《ため》したことがない。今まで試す機会も、そういう発想もなかったから。

ルーン魔術はこんなことも可能なのだと、新しく知った瞬間だった。

「助かるよ。これなら何日も短縮できる」

「役に立てたなら光栄よ。でも、私にできることはあくまでサポートだけ。あの扉を解読できるのは私じゃないわ」

「十分だ。あとは、彼女がやってくれる」

殿下とダチュラの視線が私に向けられる。期待を感じて、小さく頷く。

「一日でも早く解読できるように頑張《がんば》ります」

「期待しているよ」

「頑張ってね？　私も可能な限り教えるわ。それしかやることもないし、偶《たま》に話し相手になってちょうだい」

そう言ってダチュラは笑う。

私たちはこれで地上に戻ることができるけど、そうなったら彼女は再び一人になるだろう。

解読は扉の前でやらなくちゃいけないから、すぐに戻ってくる。四千年に比べたら、数時間や一日なんて一瞬かもしれない。

それでも、もし自分が同じ立場だったら……と、想像して悲しくなる。

だから私は、大先輩《だいせんぱい》に対して生意気かもしれないけど、勇気を出して提案することに決めた。

「あの、ダチュラさんも一緒《いっしょ》に、外へ出られませんか？」

「え――」

「大事な役目を背負っているのは……わかっています。でも、少しくらい……息抜《いきぬ》きをしてもいいんじゃないかなと」

「……」

それは、かつての自分にも当てはまる言葉だった。

無理をしてはいけない。頑張り過ぎてもいけない。頑張ったらその分、休んだっていいのだと。

まさか、こんな提案を私が誰《だれ》かにする日が来るなんて……。

「奇遇《きぐう》だな、メイアナ」

「殿下《でんか》」

「同じこと、俺も考えていたよ」

「——そうですね」

知っていた。あの時、ダチュラの背中に寂しさを感じたのは私だけじゃなかったことを。

優しい殿下が、一人孤独《こどく》に役目を全《まっと》うする彼女を、放置できるはずがないと。

私が勇気を出して提案したのは、殿下も同じ気持ちだとわかっていたからだ。

「ダチュラ、世界を救ってくれた英雄《えいゆう》に、今の世界を見てほしい。俺の国を……君に見てほしいと思う」

「……いいの？　私は過去の人よ」

「構わない。だからこそ見てほしいと思う。あとは、可能かどうかだけだ」

彼女の意識、魂はこの遺跡に刻まれたルーン文字に宿っているらしい。

私たちがいくら望もうと、この遺跡から出られないのであれば難しい。それを知っているのは本人だけだ。

ダチュラは目を瞑《つぶ》り、呆《あき》れたように笑う。

「お人好《ひとよ》しね」

ぼそっと、何かを口にした気がする。私と殿下には聞こえなかったけど。

彼女は閉じた目を開き、明るい笑顔で答える。

「封印が緩《ゆる》んでいるおかげで、私の活動範囲も広がっているわ。遺跡の外にも、そんなに遠くなければ出られると思うわ」

「本当ですか！　なら！」

「不幸中の幸いだな。ああ、決まりだ」

私と殿下は目を合わせて笑い、ダチュラに改めて提案する。

「一緒に外へ出ましょう！　ダチュラさん！」

「俺たちの今を見てくれ」

「……ええ」

本当は、ここで手を差し出し、彼女に握《にぎ》ってほしかったけれど。

それは叶《かな》わない。代わりに、とびきりの笑顔と声で、彼女を孤独から引っ張り上げる。

「楽しみだわ」

◇◇◇

遺跡調査から一旦帰還《いったんきかん》した私たちは、まずは国王陛下の報告に向かった。

調査の経過報告と、ダチュラを紹介《しょうかい》するために。

私たちは殿下を先頭に、王城の廊下《ろうか》を歩く。

「ここが現代のお城！　とっても広いわね！」

「四千年前とは違《ちが》うか？」

「ええ、違うわ。途中《とちゅう》で通ってきたでしょう？　大きな建物、あれが私の生きた時代のお城だったのよ」

「ああ、あの宮殿《きゅうでん》、やっぱりそうだったのか」

ダチュラは殿下の隣《となり》で楽しそうにはしゃいでいる。右へ左へ視線を向け、くるっと一回転し、全身で今を堪能《たんのう》している。

「そんなはしゃぐか？　子供みてーだな」

「よ、四千年もあんな場所に一人でいたら、外の世界が恋《こい》しくなるんじゃないですか？

ボクなら絶対耐えられません」

「ま、オレも無理だな。退屈《たいくつ》で死んじまう」

「退屈じゃなければ生きられるんですか？　か、怪物ですね……」

「んだと？」

「な、なんでもないですよ！」

カイジンとシオン君は相変わらずだけど、心なしか遺跡にいた頃《ころ》よりも落ち着いている。

危険地帯から離《はな》れたことで、緊張《きんちょう》の糸がほぐれたのだろう。

私も、一先《ひとま》ず無事に戻って来られたことに安堵《あんど》している。

「今からどこへ向かうの？」

「父上に報告だ。遺跡のことと、君のことを」

「あら？　なんだか照れるわね。お父様に挨拶《あいさつ》なんて、婚前《こんぜん》の男女みたいだわ」

「からかわないでくれ」

二人は楽しそうに話しながら歩いている。

なぜだろう？

今、心をちくりと針で刺《さ》されたような痛みを感じた。

私は自分の胸を押さえる。安全な場所に戻って来られて、安心できたはずなのに、この不安は何？

「メイアナ？　どうかしたか？」

「いえ、なんでもありません」

きっと気のせいだ。まだ遺跡から外に出て時間が経っていない。緊張感が完全に抜けていないだけだと思うことにした。

「……」

「ダチュラ？」

「ううん、挨拶が終わったら、外を案内してくれるのよね？」

「ああ、そのつもりだ」

「楽しみだわ！」

はしゃいでいるダチュラを見ながら、殿下もほっこりした表情を見せる。そのまま陛下が待つ部屋にたどり着く。

「よく戻った。アレクトス、メイアナ、カイジン、シオン」

「はい。父上、報告したいことがございます」

「うむ、聞こう」

形式的な挨拶を早々に済ませて、殿下が遺跡内部で起こったこと、見聞きしたことを陛下に伝えた。

ダチュラの姿は視界に入っている。気になっているはずだけど、陛下は最後まで殿下の話に耳を傾《かたむ》けていた。

全てを聞き終わったところで、陛下は小さく頷き、初めてダチュラの存在に触《ふ》れる。

「そなたが、四千年前に魔神を封印した魔術師なのか？」

「ええ、初めまして現代の国王様。私はダチュラ、遠い昔のルーン魔術師よ」

国王相手に堂々とした立ち振《ふ》る舞いは、本来ならば不遜《ふそん》だと注意されるだろう。ただ、彼女にはそうできるだけの実績がある。

陛下もそれを理解しているに違いない。

「まずは感謝を伝えたい。遠い昔の話とはいえ、今の王国があるのは、あなたのおかげだ。ありがとう」

「私一人の力じゃないわ。みんなで頑張ったからよ」

「ならば、あなたの同胞《どうほう》たちにも最大の感謝を贈《おく》らせてもらおう」

「ありがとう。私も嬉しいわ」

ダチュラは陛下に向かってニコリと微笑む。

「私たちが魔神を封印した後……どうなったのか不安だった。ちゃんと立ち直れるのか……私には役目があって、わからなかったから」

「見ての通り、人類は立ち直り、こうして国を繁栄させている」

「ええ、だから嬉しいのよ。これが、私たちが戦った理由だわ」

陛下が彼女に向けるのは、世界を救ってくれたことへの感謝。代わりに彼女が陛下に向けるのは、救った後の世界で歩み続け、今に繋《つな》げてくれたことへの感謝。

どちらか一つでも欠けていれば、こうして平和な世界は訪《おとず》れていなかっただろう。

「アレクトス、彼女のことはお前に一任しよう」

「お任せください」

「うむ。メイアナ、悪いが君には遺跡《いせき》の調査を続けてもらう」

「はい。お任せください」

陛下は頷き、私たちに向けて言う。

「一先ずご苦労だった。進展があるまでは、各々《おのおの》の判断で休息をとってくれて構わない。必要なものは用意しよう」

「太っ腹だな」

「ちょっ、カイジンさん！」

不遜な態度をとるカイジンに、シオン君が焦る。

しかし、そんな彼らに陛下は微笑む。

「ふっ、構わん。国を救うため、世界を守るため、戦ってくれた者たちへの礼は尽くさなくてはならない」

国王陛下の懐《ふところ》の深さをしみじみと感じ、報告を終えた私たちは部屋を出て行く。

時間は正午を過ぎていた。

カイジンが大きく背伸《せの》びをして、お腹《なか》の虫を鳴らす。

「腹減ったなぁ～」

「下品な音がしましたね」

「てめぇは腹減ってねーのかよ」

「お腹はすきました」

「先に昼食をとろう」

殿下はそう言って、ダチュラに視線を向ける。

「すまないが、案内はその後でいいか?」

「ええ、身体がある人はしっかり食べないとだめよ?　大きくなれないわ」

「俺たちはそういう歳じゃないよ。シオンくらいか」

「そうね。いっぱい食べて大きくなるのよ」

ニコッとダチュラがシオン君に笑《え》みを向ける。

シオン君はびくりと身体を震《ふる》わせて、逃《に》げるようにカイジンの後ろに隠《かく》れてしまった。

「あら？　嫌《きら》われているのかしら」

「シオンは人見知りだ。慣れるまでは苦労するぞ」

「そうなの？　じゃあ、無理しないほうがいいわね」

ダチュラは気にしていないような素振《そぶ》りで、殿下と何を食べるのかとか、たわいない話をしていた。

その後ろを、シオン君はカイジンの後ろに隠れたまま歩いている。

「おい、女相手に何ビビッてんだ？」

「うっ……そういうわけじゃ……」

「だったら堂々としてやがれ」

「……苦手かもしれません」

「あん？　あいつがか？」

「……はい。なんというか……その、不気味です」

ぼそりと、シオン君が呟《つぶや》いた。

妖艶《ようえん》で不思議な人という印象はあるけど、シオン君は不気味に感じているらしい。

カイジンは首を傾げていたけど、私には少し……わかる気がした。

なぜなのか、理由はわからないけど……。

◇◇◇

昼食を終えて、私と殿下はダチュラを案内するため、王城の外へと繰《く》り出す。

シオン君は相変わらずダチュラにビクビクしていて、カイジンも観光に興味はないからと、騎士団《きしだん》に残った。

昼間は特に混み合う時間だ。大人数で移動すると迷惑《めいわく》になるし、余計に目立ってしまう。

今さらだけど、殿下と一緒に街を歩くのって、大丈夫《だいじょうぶ》なのだろうか？

一応、服装を地味にして、フードで顔を隠せるようにはしているけど……。

「認識《にんしき》阻害《そがい》の術式をかけておくから平気だ」

「さすがです」

私の不安を表情から読み取って、先に答えを教えてくれた。

殿下は自身の魔術で、王子だと気づかれないように偽装《ぎそう》している。

「そういえば、あなたは魔術師だったわね」

「ああ。ルーン魔術は使えないが、現代ではそこそこの腕《うで》だ」

「ご謙遜《けんそん》なさらないでください。殿下よりも優《すぐ》れた魔術師は、今の時代にはいません」

「へぇ、王子様なのに魔術師としても一番なんてすごいわね！」

私とダチュラが褒《ほ》めると、殿下は少し照れくさそうに目を逸《そ》らした。

「俺からすれば、ルーン魔術が使える二人のほうがずっとすごいと思うよ」

「私の時代はこれが最新だっただけよ」

「私の場合は、これしか使えなかったので……」

「それも特別の印だ」

殿下は優しいからそう言ってくれるけど、ダチュラと私じゃ、ルーン魔術師として歩んできた道のりが違う。

特別なのは彼女だけで、私はまだまだ未熟者だ。

「あの、ダチュラさん、聞いてもいいですか？」

「いいわよ。ルーンのことでしょう？」

「――！　はい」

私が質問を投げかける前に、彼女は意図を察してくれた。

ずっと気になっていた。遺跡のルーンを解読し、宿った記憶《きおく》を覗《のぞ》き込んだ時から。

ルーン魔術、私が唯一《ゆいいつ》使うことができるこの力は、どうやって生まれたのか。

「あなた、途中のルーンを解読したわよね？」

「はい。二か所は見つけました」

「さすがね。あれは、私の仲間が残したものよ。記憶、どこまで見たかしら？」

私たちは王城を出て、王都の街へと続く道を並んで歩く。私はダチュラにルーンを通して見た記憶について伝えた。

本人の前で話すのは少し恥《は》ずかしかった。なんだか答え合わせをしているみたいで。

彼女は何度か頷《うなず》きながら聞いてくれていた。

「うん。ちゃんと読み取れているわね。偉《えら》いわ」

「あ、ありがとうございます」

ルーン魔術の大先輩に褒められてしまった。嬉しさで頬《ほお》が緩む。

ふと、殿下と視線が合った。殿下は優しく微笑んで、私によかったなと言ってくれた。

本当によかった。私は彼らの意思を、記憶を、間違うことなく読み解けていたようだ。

「そこまで見たなら知っていると思うけど、私たちにはルーンを習った先生がいるわ」

「はい。その方が、ルーン魔術を作ったと」

「ええ」

「その、どうやって作ったのでしょう」

あらゆる魔術の起源、ルーン魔術がどうやって生まれたのか。その秘密を今、知ることができるのか？

そう思うとワクワクして、心臓の鼓動《こどう》も徐々《じょじょ》に速くなる。

「そうね。詳《くわ》しいことは私たちにもわからないわ」

「そう……なんですね」

「ただ、あの人は普通《ふつう》じゃなかったわ」

「普通じゃ……ない？」

「ええ。人間だけど、同じじゃない。あの人にしか使えない特別な力があった。それは……願いを実現する力よ」

ガッカリしかけていた私は、再び彼女の言葉で引き戻《もど》される。

願いを実現する力……その言葉に、興味を引かれないはずがなかった。

「それは、どんな力なんですか？」

「言葉通りよ。こうなってほしい。あんな風になりたい。想《おも》いや願いを、現実に投影《とうえい》することができる。先生は、感情の具現化と言っていたわ」

「感情の……」

想いや願いを実現する。それはまさに、ルーン魔術の力と同じだった。

ルーン魔術は、二十四文字のルーンに自身の解釈《かいしゃく》、すなわち考え方や意思、感情を注《そそ》ぎ込むことで、様々な効果を発現する。

その効果の幅《はば》に制限はなく、想像力次第《しだい》でなんでもできる。

「今あなたが考えた通りよ。一言で表すと、ルーン魔術っていうのは、先生の真似事《まねごと》をする力のことよ」

「真似事……」

「ルーンは先生が作ったわ。どうして作ったのかは、教えてくれなかった。聞いてもはぐらかされたの」

ダチュラは遠い目をしながら、まっすぐ前を見据《みす》えている。

前の景色を見ている？

違う。きっと、四千年前の出来事を、思い出を連想しているのだろう。そのせいか、どこか悲しそうだった。

「先生が特別だったのは力だけじゃないわ。普通の人間にはない感覚があって、他人の感情を受信する体質だったのよ」

「他人の……それって……」

「ええ。とっても大変だわ。人は生きているだけでいろんな感情を抱く。それは決して、いい感情ばかりじゃない。近くにいるだけで、先生はそれを受け取ってしまう。だから先生は、一人山奥《やまおく》で暮らしていたのかもしれないわね」

「……」

かもしれない、ではないのだろう。

他人の心が自分の中に流《なが》れ込んでくる。喜びや幸福だけじゃない。痛み、悲しみ、孤独、妬《ねた》みや恨《うら》み、そういう負の感情も含《ふく》まれる。

私にも経験がある。周りからの視線、罵倒《ばとう》、一生期待されず……のけ者のように扱《あつか》われるのは、とても辛かった。

ルーン魔術を作った人は、自分に向けられたものでなくとも、負の感情に触れてしまっていた。

そうだとしたら……心が悲鳴を上げるだろう。もし自分が同じ立場なら、正気でいられるとは思えない。

「その……先生は、どんな方でしたか？」

「……どんな人だったのでしょうね」

「え……？」

「昔のことすぎて、もう顔も上手《うま》く思い出せないの」

「ダチュラさん……」

四千年という月日を、私は甘《あま》く見ていたのかもしれない。

「覚えているのは、よく笑う人だったってことくらいよ」

「ダチュラさんみたいに、ですか？」

「――！　そうね。私が笑うのは、先生の影響《えいきょう》かしら」

そう言いながら、彼女は呆れたように笑った。とても切なくて、悲しい笑顔《えがお》だと感じた。

「無理して笑わなくてもいい」

「――！」

「殿下……？」

私とダチュラの会話を邪魔《じゃま》しないように、黙《だま》って聞いてくれていた殿下が、久しぶりに声を発する。

「どんな表情も、自然に出るのが一番だ。特に笑顔はな。無理して何度も笑うより、心から一回笑えるほうが、ずっといい」

「……ふふっ、素敵ね」

ダチュラが微笑《ほほえ》む。さっきとは違う嬉《うれ》しそうな笑顔だった。

きっと殿下は思ったのだろう。少しでもいいから、彼女《かのじょ》が心から笑えるように……今を精一杯堪能《せいいっぱいたんのう》してもらおうと。


それから私たちは王都の街並みを巡《めぐ》った。

大勢の人でにぎわう繁華街《はんかがい》は、油断すると人の波にさらわれてしまいそうだ。

「すっごい人ね！　こんなにいるの？」

「ああ」

「昔に比べて人の数も増えたのね！　素敵なことだわ」

「平和が続いているおかげだ。人が多いから、はぐれないように近くにいてくれ」

「ええ」

彼女は自然と、殿下の手を握ろうとして手を伸《の》ばした。だけど当然、その手はすり抜《ぬ》けてしまう。

「残念ね。はぐれないように手を握りたかったのに」

「……そうだな」

今の彼女に肉体はない。

ここいる彼女は霊体《れいたい》で、魂《たましい》だけの存在だから、人や物に触れることは許されない。それを寂《さび》しく思う。

それだけ？

また、胸がチクッと痛くなった気がする。

「じゃあせめて、私のことを見失わないように近くにいてくれる？」

「そう言っているだろ？　心配しなくても、見失わないよ」

「あら、頼《たの》もしいわね」

「……」

「メイアナ」

「は、はい！」

「君も、はぐれないように気をつけてくれ」

「……はい」

私は、自分が思っているよりも意地悪な性格なのかもしれない。

はぐれないように……だったら、私なら、殿下の手を握ることができるのに……。

そんなことを思ってしまったのだから。

繁華街をぐるりと一周してから、人々が暮らす住宅街も散策した。ある意味、繁華街よりも現代の人々の暮らしが見える。

「魔術を生活に応用しているのね」

「便利だからな。今じゃ、なくてはならない存在だよ」

「便利なのはいいことだわ。私が生きていた時代も同じくらい便利だったら、もっと国も大きくなっていたかしら?」

「そうかもしれない。俺《おれ》たちはいい時代に生まれたよ。それも、ダチュラたちがいてくれたおかげだ」

「ふふっ、褒めても何も出ないわよ? でも、嬉しいわ」

ダチュラたちルーン魔術師が現代に残してくれたものは大きい。

現代魔術もルーン魔術から生まれたのなら、今ある生活のほとんどが、彼女たちの遺産のおかげだ。

平和も、発展も、様々な面で、彼女たちの存在は影響している。

殿下は常に、ダチュラに対して最大限の敬意を払《はら》っていた。元々優《やさ》しいお方だから、彼女に対しても好意的に、優しく接するのは当然だ。

何も不自然なことはない。

それなのに、どうしてだろうか?

殿下の隣をダチュラが歩いていて、二人が楽しく会話をしているのを見ると、凄《すご》く心が苦しくなる。

私は自分の胸に手を当てて、締《し》め付けられる心臓を握るように、服を掴《つか》んだ。

「メイアナ?」

「——!　はい!」

「どうかしたか?　さっきからぼーっとしているみたいだが」

「歩き疲《つか》れちゃったかしら?　ごめんなさい」

「い、いいえ、大丈夫です!　ちょっと考え事をしていました」

私は咄嗟《とっさ》に誤魔化《ごまか》した。

考え事をしていたのは嘘《うそ》じゃない。せっかく二人が楽し気に、ダチュラが現代に触れてくれているのに、邪魔をしてしまっては申し訳ない。

今、この時間は、ダチュラにとって特別であるはずだ。だから極力、私は邪魔をしないように……。

「あの扉《とびら》のことを考えていたのか?」

「え、あ、はい」

今度は咄嗟に嘘をついてしまった。

「調査は明日からの予定だったが、明日は休みにしようか」

「え……」

「ルーンの解析《かいせき》、君にしかできないこととはいえ、君に頼《たよ》り切っていた。俺たち以上に疲れが溜《た》まっているだろう？」

「殿下……」

「これからもっと君頼りになってしまうのに、言えたことじゃないが……休める時に休んでほしい」

殿下はいつも、優しく接してくれる。

私の心を、身体を、気遣《きづか》ってくれている。私がついた嘘にも、真剣《しんけん》に答えてくれた。

「ありがとうございます」

嘘をついてしまった申し訳なさより色濃《いろこ》く、殿下への感謝がこみ上げてくる。

殿下の言葉は温かくて、私の心を包むようだ。

「安心して！　解読は私も手伝ってあげるわ」

私と殿下の会話へ割って入るように、ダチュラが声を上げた。

「私が直接解読することはできないけど、ヒントはあげられる。一人でやるより、何倍も効率が上がるはずよ」

「はい。ありがとうございます」

「心強いな」

「ふふっ、いっぱい頼ってくれていいのよ！　その代わり……」

ダチュラは踊《おど》るようにステップを踏《ふ》み、殿下へ顔を近づけた。

驚《おどろ》いた殿下がのけぞると、それを追いかけるように、ダチュラはもっと顔を近づける。

私はドキッとした。胸が……痛かった。

「ダチュラ？」

「私にもっと、今の世界を見せてちょうだい！　あなたから、いろんな話を聞きたいわ」

「──ああ、もちろん」

「ふふっ、期待しているわよ。でも大変よ？　四千年も待ったんだから、満足するまですごくかかるかも？」

「それなら、これまでの一年より、今の一秒のほうが濃密《のうみつ》だったと思えるように努力させてもらおう」

「──素敵《すてき》ね」

この時ダチュラが見せた笑顔は、これまでの中で一番うれしそうで、うっとりとして、女性らしさを感じた。

それはまるで……。

「あなたは似ているわね。彼《かれ》に」

「彼？」

「先生の一番弟子《でし》だった男の子よ。私たちを先導して、魔神《まじん》の封印《ふういん》に一番貢献《こうけん》したのは彼だったわ」

「そんな人と似ているなんて、光栄だな」

「ええ、とても似ているわ。雰囲気《ふんいき》も、そういうセリフを口にするところもそっくり。あなたといると、あの頃を思い出すわね」

ダチュラは再び、殿下に触れようとする。

殿下の胸に伸びた手は、するっと背中まですり抜けてしまう。

「……やっぱり、少し寂しいわね」

「ダチュラ……」

「触れられたら、もっと幸せだったのかしら」

「俺も少し、残念に思うよ」

殿下とダチュラが視線を合わせる。

通じ合っているように。互《たが》いに、触れたいと思っているように見えた。見えてしまった。

また、胸が痛い。

心が締め付けられそうになる。

ああ、もうダメだ。誤魔化せないし、気づかないふりもできない。本当はずっと気づいていたんだ。

だって、自分の心のことは、自分が一番よく知っている。ルーン魔術師《まじゅつし》なら尚更《なおさら》、自分の気持ちに気づかないなんてありえない。

そっか。

この痛みは……そういうこと。

私は自覚する。見つめ合う二人を、一歩離れて見ながら……。

私は殿下に――恋をしている。

第四章◆ダチュラ

誰かを好きになる気持ち。

好意と名のつくそんな感情があることは知っていたけど、実感はなかった。

私には遠くて、無関係な感情だと思っていた。ずっと一人で、誰かと深く関わることなく生きてきた私には、無縁《むえん》だと。


私は、殿下が好きだ。


気づいてしまった。

信頼《しんらい》や親愛とはまるで別物の、一人の女性として、殿下を一人の男性として見てしまっている自分の気持ちに。

気づいたらもう、誤魔化すことはできなかった。

私は殿下が好きで、だからこそ一緒《いっしょ》にいたいと思っている。

ダチュラが殿下《でんか》と仲良くしている姿を見ると、チクチクと心に針を刺されるような痛みを感じていた。

あの痛みの正体こそ、恋の病と呼ばれているそれなのだろう。

要するに、私は彼女に嫉妬《しっと》していたんだ。

「ははは っ、嫉妬……」

笑ってしまう。

羨《うらや》ましいと思っていた自分に、そう思えたことに。

自室のベッドで目覚めた私は、顔を上げ、身体を起こして、ベッドから降りる。わずかに開いているカーテンをめいっぱいに開ける。

窓から差し込《こ》む太陽の光が、私の瞳《ひとみ》に飛び込んできた。

「眩《まぶ》しいなぁ」

苦しさのほうが勝ると思っていたのに、今は少しスッキリした気分だ。

自分の気持ちに気づかないまま、モヤモヤしたままでいるより、気づけたことに感謝しよう。

気づかせてくれたダチュラにも、感謝すべきかもしれない。

「……」

ふと、楽しそうに並んで歩く二人の姿を想像する。

昨日、私と殿下はダチュラを現代の世界に案内してあげた。

四千年ぶりの外はとても気持ちよさそうで、彼女も子供みたいにはしゃいでいた。

現代を生きる人として、同じルーン魔術師として歓迎《かんげい》する気持ちは当然ある。だけど、嫉妬してしまった。

並んで歩く二人の姿が、とても馴染《なじ》んでいるように見えたから。

私が隣を歩くよりも、殿下に相応《ふさわ》しいように見えてしまったから……。

◇◇◇

今日から遺跡で発見した扉の調査を開始する。

私は一人、ダチュラが待っている遺跡の入口へと足を運んだ。噴水《ふんすい》の下にある階段を下り、入り口から中に入る。

すぐ目の前に彼女は待っていた。

「おはよう、メイアナ」

「おはようございます。ダチュラさん」

扉が開いた瞬間《しゅんかん》、彼女と視線が合った。彼女は一瞬《いっしゅん》、私以外の誰《だれ》かを捜しているように見えた。

「あなた一人？」

「はい。殿下はお仕事があるので、今日は私だけです」

「そう。王子様は忙《いそが》しいのね」

「はい。すみません」

別に、私が謝《あやま》るようなことじゃないのに、自然と謝罪の言葉が出てしまった。彼女も私一人じゃなくて、殿下が一緒だと期待したのだろう。

彼女が会いたいのは私じゃなくて……。

「さぁ、行きましょう。私たちもお仕事をしないと」

「は、はい！」

「ちょっと待った！」

出発しようとしたタイミングで、カイジンの声に呼び止められた。

振り返ると、カイジンと一緒にシオン君もいる。

「おはようございます。メイアナさん……と、ダチュラさん」

「ええ、おはよう」

ニッコリと笑みを浮《う》かべるダチュラに、未《いま》だ慣れていないシオン君はビクッと反応してカイジンの背中に隠れた。

カイジンは呆《あき》れながら私たちに言う。

「オレらも一緒に行くぜ」

「か、解読中はボクたちが護衛します」

「ありがとう。心強いです」

「私が一緒にいるんだから、いざとなったらすぐ逃がしてあげられるわよ？」

「退屈《たいくつ》なんだよ。またあれが出たら戦わせろ。今度は一人で完勝してやる」

「ふふっ、随分《ずいぶん》と好戦的な護衛さんね」

彼女は笑い、ひらりとその場で舞《ま》うように回転した。

手をパンと叩《たた》くと、私たちの視界は一変し、気づけば彼女と出会った森の中に移動していた。

「おっ、一瞬だな」

「ここまでは、ね？　あとは歩くわ」

「扉の前に直行できないのかよ」

「できるけど、ルーンが干渉《かんしょう》してちょっと面倒《めんどう》なのよ。私一人ならともかく、生身のあなたたちに影響があると困るわ」

そう説明して先に歩き出すダチュラの後ろを、私たちははぐれないように進んでいく。

すぐに目的の扉の前までたどり着いた。

改めて見ても圧巻だ。大きさや雰囲気よりも、ルーン魔術師の私は、刻まれたルーン文字の数に目が行く。

「解読を始めましょう。手順は、今さら説明不要よね？」

「はい。大丈夫です」

「触れるときは注意してね？　ルーンが使えるあなたなら平気だと思うけど、長く触れていると、私みたいに拒絶《きよぜつ》されるかもしれないわ」

「はい。気をつけます」

霊体であるダチュラでさえ、扉に触れようとすると激しい音と共に拒絶されていた。

この扉には強固な封印が施《ほどこ》されている。

魔《ま》神封印《じんふういん》の第一段階だと言っていたけど、これほどの封印が一つ目なんて、かつてのルーン魔術師たちの凄さが感じ取れる。

「それでは、解読を始めます」

「思う存分集中してくれ」

「な、何かあったらボクたちに言ってください」

「ありがとうございます」

頼もしい仲間たちに見守られながら、私は解読を開始した。

解読を開始してすぐ、私が予想した通り、ここにルーンを刻んだ魔術師は一人じゃないことが確定した。

ルーン文字は七行に分けられている。

ざっくりと全体に触《ふ》れた感覚から察するに、一人が一列のルーン文字を刻んでいる。

つまりは七人のルーン魔術師によって、この扉は封印されている。

そのうち二人は、途中にあったルーンを刻んでいた人物だろう。遺跡の外で発見された石板と一つ目を記した男性。

遺跡で二つ目に見つけた玉座の後ろにルーンを刻んだ女性。

この二人のルーンなら、一度は解読しているため傾向《けいこう》はすでに把握《はあく》している。何文字だろうと比較的《ひかくてき》やりやすい。

大変なのは、残り五人の初めましてなルーン魔術師たちだ。

「ダチュラさん、質問してもいいですか？」

「ええ、何かしら？」

「ここでルーンを刻んだ人たちは、全員同じ人からルーン魔術《まじゅつ》を学んだんですよね？」

「そうよ。ルーンは先生が生み出したもの。先生が第一世代なら、私たちは全員、第二世代のルーン魔術師よ」

「一緒に過ごした時間はどのくらいでしたか？」

「そうね。人にもよるわ。長い人はずっと、先生の傍《そば》にいた」

ダチュラさんは思い出を振《ふ》り返り、楽しそうに語っている。先生や仲間たちと過ごした時間は、彼女にとって幸福だったのだろう。

長く先生と一緒にいたというのは、過去の記憶の中で触れた一番弟子の男性ではないだろうか。

ダチュラの話によれば、弟子たちは皆《みな》、悲しい過去を背負っている子供だったらしい。

幼い頃《ころ》に両親に捨てられてしまった者。

両親を殺され、天涯孤独《てんがいこどく》となってしまった者。

彼女らは等しく、一人で生きていくことを強要され、誰かの愛情を受けることができずに育った子供たち。

そんな彼女たちを、ルーンの始祖である先生が集めて育てた。

先生が彼女たちにルーン魔術を残したのは、一人でも生きていけるようにという親心なのかもしれない。

一番弟子と呼ばれた男性は、先生に初めに拾われた子供だった。

「この中に、その彼のルーンもありますよね？」

「……ええ、あるわね」

「どれかわかりますか？」

「一番下の列よ。それが、彼が記したルーン文字だわ」

一番下、七列目のルーン文字に触れる。

ここにルーンを刻んだ七人は、全員が同じ人からルーン文字を学んだ。ならば必然、思考パターンには偏《かたよ》りが生まれる。

ルーンには感情が籠《こも》る。

考え方や感情は、生まれ育った環境《かんきょう》に強く影響を受ける。だから、一緒に過ごした時間が長い人ほど、思考の中に先生の教えが残っていると考えた。

だからまず、もっとも先生の教えを色濃く受け継《つ》いだであろう人物のルーン文字を解読する。

そうすれば、彼の思考パターンから、他の弟子たちの思考パターンを推測しつつ、解読を進められるだろう。

全員の境遇がバラバラで、まったくの他人ではなかったことが不幸中の幸いだ。

「いい考え方ね。それで合っているわ」

「ありがとうございます！」

ルーンの大先輩《だいせんぱい》からもお褒めの言葉を頂けた。

自信に背中を押《お》されて、さっそく七列目の解読に入ろうとした時、ふと当たり前のような疑問を抱く。

「ダチュラさんのルーンも、この中にあるんですよね？」

「――」

魔神を封印するために刻まれたルーンだ。

ならば、魔神封印に参加したダチュラさんが刻んだルーンの列も、一から六番目の中にあるのだろう。

もしそうなら、解読はより楽になる。

本人が隣《となり》にいてくれる。彼女にルーンを刻んだ時のことを聞きながら進めれば、深く思考をめぐらせる必要もない。

もしかすると、七列目より、ダチュラのルーンを先に解読したほうが早く進むかもしれないと思った。

を投げかけた。


「……ないわ」

「え？」

「私のルーンはここにはないの」

「なんでだよ。あんたも参加したんだよな？」

何も起こらず退屈そうに護衛をしていたカイジンが、私たちの後ろからダチュラに質問を投げかけた。

同じことを私も思ったからちょうどよかった。

「実際に魔神が封印されているのは、この扉のずっと奥《おく》よ。私がルーンを刻んだのは、魔神そのものを封印する時。その時にはもう、この身体になっていたの」

ダチュラは両腕《りょううで》を広げて、魂だけの存在になってしまった自分の身体をアピールする。

肉体を失えば、ルーンを刻むことはできない。

何にも触れることができないから。

「よくわかんねーんだけどよ。なんであんた一人だけそうなったんだ？」

「私が適任だったからよ」

「適任？」

「重傷を負ったの。魔神との戦いで、もう助からなかったわ」

ダチュラは遠い目をしながら、自分の心臓あたりに触れていた。魂の状態でも、心臓の鼓動は聞こえるのだろうか。

それとも……。

「魔神は強かったわ。ルーン魔術にも限界はある。もうすぐ終わる命を、過ぎ去った時間を巻き戻すことはできない。だから、完全に肉体が死を迎《むか》える前に、ルーン魔術で魂を切り離《はな》したのよ」

「んなことできるなら、瀕死《ひんし》から回復もできそうだけどな」

「ふふっ、そうね。魔神から受けた傷じゃなかったら、助かったかもしれないわ」

「そういう能力か？　傷を負ったら終わりとかいう」

「ええ、治らない傷を受けるわ。あるいは、魔神を倒《たお》すことができていたら、回復も可能だったかもしれないわね」

そう言いながら、ダチュラは閉じられた扉を見つめる。実際に見ているのは、その先に封印された魔神の存在だろうと思った。

「そういうわけで、私はここにルーンを刻んでいないわ。理解してくれた？　臆病《おくびょう》な勇者君も」

「――――！　え、ボ、ボクですか？」

「ええ」

ダチュラはシオン君にニッコリと微笑みかける。シオン君は目を逸《そ》らして、オドオドしながら言う。

「まぁ、大体は……」

「そう、ならよかったわ」

「お前……いつまでビビッてんだよ」

「ビ、ビビッてませんよ！」

「ビビッてんじゃねーか。情けねー奴《やつ》だな。暇《ひま》だしオレが鍛《きた》え直してやるよ！」

「こ、ここはダメですよ！　我慢《がまん》してください！」

二人は相変わらず仲良く言い合って、私はそれを微笑ましく眺《なが》めている。

「ふふっ、元気な人たちね」

ダチュラも私と同じように、二人のやり取りを見て和《なご》やかに笑っていた。それにしても、シオン君の人見知りはここまでだったのかと少し驚いている。

私と初めて会った時は、ここまで酷《ひど》くなかったような……。

カイジンに対しても、彼の場合は少々特殊《とくしゅ》だったけど、馴染むまで時間はあまりかからなかった。

どうしてダチュラだけ？

人当たりもよくて、話しやすくて、誰とでもすぐ仲良くなれそうな彼女に、シオン君だけが慣れない。

「さ、知りたいこともわかったことだし、続きを始めましょう？」

「そうですね」

あまり時間をかけすぎても、魔神の封印がさらに弱まり、取り返しのつかない事態になりかねない。

今はまず、私がやるべきことをしよう。

考えたいことはたくさんあるし、自分の気持ちと向き合う時間もほしいけど、そんなことも言っていられなかった。

それでも、解読を進めながら、頭の片隅《かたすみ》にはずっとある。隣にいる彼女、ダチュラと殿下が並んで歩く光景が。

もしかすると私が一番、彼女のことを意識しているのかもしれない。

◇◇◇

時間は過ぎ、夕刻になった。

地下にいると時間の感覚が乱されてしまう。元から集中すると周りが見えなくなることがあって、あっという間に時間が過ぎていた。

「ふぁー……もうすぐ夜だぜ」

「ここまでに、しますか?」

「そうね。休んだほうがいいわ。身体は大切にしなさい」

「はい」

私は小さくため息をこぼす。

今日解読できたのは、七列目の半分までだった。中々骨のいる作業だけど、その分やりがいを感じている。

そんな私の隣に立ち、一緒になってダチュラは扉を見上げた。

「すごい集中力だったわね」

「そうですか?」

「ええ。それに予想よりもずっと早いわ。もっと時間がかかると思っていたのだけど」

「ダチュラさんのアドバイスもあったからです」

「私がしたのは小さな手助けよ。あなた、私が思っている以上に優秀《ゆうしゅう》なルーン魔術師みたいね」

そう言って彼女は微笑みかけてくる。

偉大《いだい》なルーン魔術師、世界を救った一人にこうして褒《ほ》めてもらえる。殿下のことは抜きにして、素直《すなお》に嬉しい。

一度じゃない。彼女はよく、私のことを褒めてくれていた。その度に嬉しくて、やる気がぐんと湧《わ》き上がる。

まるで私にとっての――

「ダチュラさん、先生みたいです」

「――！」

彼女は大きく両眼を見開いた。何気ない一言にここまで大きく反応されるとは思わなくて、私のほうも驚いてしまう。

「す、すみません！　私、変なこと言ってしまいましたか？」

「ううん、ビックリしただけよ。先生か……そういう未来も悪くなかったかもしれないわ」

ダチュラさんはすぐ普段《ふだん》通りに戻《もど》って、ニコニコ楽しそうに笑いながらそう言った。

現代にルーン魔術師は少なくて、私も一人で勉強していたから、少し憧《あこが》れる。教えてくれる先生の存在に。

「さぁ、戻りましょう」

「はい！」

◇◇◇

調査開始から三日目。

私はダチュラと一緒に遺跡《いせき》に潜《もぐ》り、変わらず解読を続けていた。護衛として、シオン君とカイジンも一緒だ。

「今日もアレクトスはいないのね」

「お忙しいみたいです」

「残念だわ。彼と話すのは面白《おもしろ》いのに。あなたもそう思うでしょ？」

「は、はい」

素直に同意すると、なんだか負けたような気持になるから少し躊躇《ちゅうちょ》してしまった。

殿下はあれから忙しそうにしていて、会う機会が減っている。

それでも仕事の合間をぬって顔を見せてくれる。夕暮れに調査が終わって地上に戻ると、わざわざ待ってくれていることもあった。

今日もそれを期待して、私は調査を進める。

夕刻になり、地上へ戻ったところで、期待した通りの展開になる。

「お疲れ様《さま》、メイアナ」

「殿下！」

殿下が私たちを労《ねぎら》うために待っていてくれた。

「すまないな。本当は俺も同行したいんだが、中々仕事が終わらないんだ」

「いえ、こうして見に来てくださるだけで十分です」

心からそう思っている。

自分だって忙しいのに、私たちのことをいつも気遣ってくれて、本当に優しい人だ。

彼と話していると心が温かくなって、幸せな気分になる。

私は殿下のことが好きだ。

それを自覚した今だからこそ、彼と関わる一分一秒を大切に味わいたいと思うようになった。

欲を言えば、もっと一緒にいたいし、独《ひと》り占《じ》めできたら……なんて、今は特に難しいだろう。

「こんにちは！　もうこんばんはかしら？　アレクトス」

「そうだね。もうすぐ夜だ」

「寂《さび》しかったわよ。全然顔を見せてくれないんだから」

「すまないな。さっきも言ったが、仕事が中々終わらなかったんだ」

ダチュラは殿下に近づき、彼の顔を見上げながら続ける。

「ふふっ、王子様も大変ね。偶《たま》にはサボってもいいのよ？」

「そういうわけにもいかない。俺は王子だからな」

「そういう真面目なところも素敵ね。嫌《きら》いじゃないわ」

「光栄だよ」

「……」

二人が楽し気に話している横で、私はモヤモヤした気分になっていた。

よくない感情だとは自覚している。

ダチュラは四千年間一人で、魔神の封印を見守ってきた。ようやく話せる相手に恵《めぐ》まれたのだから、これくらいで焼きもちを焼くのは失礼だ。

そう、頭では考えられるのに、心が否定している。

一緒にいてほしくない。願わくは、私を見ていてほしい。

知らなかった。

私って、こんなにも他人に何かを求めたりする人間だったのか。新しい発見は、ほろ苦い気持ちと一緒に呑《の》みこむ。


二人は日に日に仲良くなっているように見えた。

元々砕《くだ》けた口調で、距離《きょり》も近いダチュラに対して、殿下も遠慮《えんりょ》しながら応えている感じがした。

けれど最近は、自然な雰囲気で会話をしているように見える。

そういう風に見えてしまうから、余計にモヤモヤするのだろう。

変化があったのは、二人の関係だけではなかった。調査を終えると、その日の報告を殿下にしなくてはならない。

そのために王城の廊下《ろうか》を歩いていると……。

「こんばんは、ダチュラ様！」

「ええ、こんばんは。またお邪魔《じゃま》しているわ」

「いつでもいらしてください。もしよければ、今度お話でも」

「ええ、機会があったらね」

ダチュラは注目の的になっていた。

それも当然のことだろう。なぜなら彼女《かのじょ》は、四千年ぶりに地上に舞い戻った英雄《えいゆう》だ。宮廷《きゅうてい》で働く者たちや、王城で働く騎士《きし》は、彼女の存在に憧れる。まるでおとぎ話の登場人物が、目の前に現れたような感覚だ。

彼らは目を輝《かがや》かせていた。子供のように。

「こんばんは、ダチュラ様、いらっしゃっていたのですね」

「あら？　貴方《あなた》は確か……スティーブン卿《きょう》ね」

「これは！　覚えて頂けたのですね」

「ええ、私これでも記憶力《きおくりょく》には自信があるのよ」

「さすがはダチュラ様、御見《おみ》それしました」

「大袈裟《おおげさ》ね。でもありがとう」

注目しているのは騎士や宮廷で働く者たちだけではなかった。彼女の噂は、王城の外にも広がりつつある。

名のある貴族たちがダチュラの存在を知り、取り入るために接触《せっしょく》を図《はか》ってきている。

彼女もそれを理解した上で、好意的に接していた。

偉大な英雄の復活は、政治的にも重要な意味を持つのだろう。彼女に認知《にんち》してもらい、味方につけるために彼らも必死だ。

ダチュラが地上に来てからわずか四日足らずで、彼女は有名人になっていた。

王城のどこでも、彼女のことを話している声が聞こえるほど。

「どうですか？　今から少しお話でも」

「すまない。我々は陛下の元へ行かなくてはならないんだ」

「それは失礼しました。殿下とも御一緒《ごいっしょ》に、できれば近いうちにお話ができれば」

「ああ、時間を見つけておこう」

しつこく誘《さそ》われたダチュラを守るように、殿下が貴族の前に入る。

ちょっぴり強引《ごういん》な方法で、私たちは貴族から距離を取った。

「ありがとう。助かったわ」

「すまない。これなら隠《かく》すべきだったか」

「ううん、これでいいわ。私にとっては嬉《うれ》しいことよ。誰とも話せないより、誰かと言葉を交《か》わせる機会は多いほうがいいわ」

「……そうか」

四千年の孤独《こどく》。私たちの脳裏《のうり》には、一人寂しくあの場所で、誰かが来るのを待っている彼女が連想できる。

「でも、一番はアレクトス、あなたとたくさんお話がしたいわ」

「――！」

また、心がチクッとする。

「そうだな。なるべく早めに仕事を終わらせよう。その時は、メイアナも一緒に」

「え、私も……よろしいのですか？」

「もちろん。不都合があるか？」

「い、いえ……」

ダチュラはきっと、二人きりで話したいのではないだろうか。

恐《おそ》る恐る彼女に視線を向けると、いつも通りの笑顔《えがお》を見せて、小さく頷《うなず》いていた。

「ええ、そうしましょう」

ダチュラの表情はわかりやすい。笑っている顔が多くて、いつも楽しそうにしている。

けれど、実際何を考えているのか、読みづらかった。

今も、本心ではどう思っているのか……それを考えると少し怖《こわ》い。

◇◇◇

ダチュラが注目されるようになったことで、もう一つ変わったことがある。

それは……。

「メイアナ様、本日も解読に行かれるのですか？」

「はい。その予定です」

「いつもご苦労様です。我々人類、王国のために」

「いえ、皆様《みなさま》もそれは同じです」

私に対しても、友好的に接してくれる人が増えていた。

元々殿下の部下になってから、好意的に接してくれる人は増えていた。それが最近、一気に増えた。

理由はもちろん、ダチュラの存在だった。

彼女は英雄で、ルーンの魔術師だ。

これまで時代遅《おく》れと見下されてきた技術が、力が、彼女の存在と共に再び注目されるようになっている。

現代でルーン魔術を使える者は限りなく少ない。

優秀な方々が揃《そろ》う宮廷でも、ルーン魔術が使えるのは私一人だった。

必然、現代のルーン魔術師《まじゅつし》として注目を浴びることになった。騎士たちはもちろん、貴族たちにも声をかけられるようになった。

認められるのは嫌《いや》じゃない。

ただ、ちょっぴり窮屈《きゅうくつ》にも感じてしまうのは、我儘《わがまま》なのだろうか。

「ダチュラ様とメイアナ様、二人がいればこの国も安心だな」

「ああ。魔神《まじん》の封印《ふういん》も問題なく進むだろう」

「なら私たちの出番もなしか」

「そうなるな。平和が何よりだ」

王城の廊下を歩いていると、そんなことを話している騎士を見かけたりもした。

彼《かれ》らは私たちに期待し、安心してくれている。

ダチュラだけじゃない。私のことも頼《たよ》ってくれている。嬉しいけれど、やっぱり少し複雑だ。

ダチュラの存在がなければ、彼女が英雄でなかったら、きっと私もここまで注目されることはなかっただろう。

すべては彼女の存在が起点となっていた。

ダチュラのほうが特別で、私よりも彼女のほうが優《すぐ》れているとは、誰も言わなかった。

それでも、事実として私自身が感じてしまってる。

私とダチュラ、どちらが殿下の隣に立つ女性として相応しいのか。

◇◇◇

「アレクトス、今日はお仕事はいいの？」

「予定が空いた。だから今日は俺《おれ》もここで護衛をさせてもらうよ」

「やった。いっぱい話せるわね」

「護衛だからな。話はほどほどに、彼女の邪魔をしたくない」

「邪魔になんてならないわよ？　ね、メイアナ」

「……はい。大丈夫《だいじょうぶ》です」

殿下を邪魔だと思ったことは一度もない。ただただ、胸がチクチクと痛いだけだ。

私が解読を進めている間、後ろで二人が楽しく話している。

ダチュラのほうから話しかけて、殿下がそれに応えている様子が、振り向かずとも想像できてしまう。

私のほうが邪魔になっていないだろうか。

そう思ってしまうほど、二人の姿はしっくりきて、まるで昔からずっと一緒《いっしょ》にいるような錯覚《さっかく》すら覚える。

「退屈はしていないか？」

「気遣《きづか》ってくれるの？　ふふっ、そういう優《やさ》しさは大好きよ」

「からかわないでくれ。心配するのは当たり前だ」

「そう？　私は好きよ。あなたのこと」

ぎゅっと、胸が締《し》め付けられる。

会話の中の、冗談《じょうだん》交じりの告白。今日までにも何度かあった。殿下《でんか》は冗談だと思っているかもしれない。

私にはわかる。わかってしまう。

あの言葉は、ダチュラが本気で殿下に好意を抱いているのだろうと。

私も同じように、殿下のことが好きだからわかる。彼女が口に出している好きという言葉は、私が言えず、大事にしまっている好きと同じだ。

どちらが殿下に相応しいのか。

こんなことを考えること自体が失礼だとはわかっているけど、考えずにはいられなかった。

そして結論はすぐに出てしまう。

もしもどちらかが、殿下の隣に立てるのだとしたら……きっと誰もが、ダチュラのほうを選ぶだろう。

四千年前に世界を救った英雄で、伝説的なルーン魔術師の一人。容姿《ようし》端麗《たんれい》で、性格も温《おん》厚《こう》だしお淑《しと》やかだ。

私なんかよりも、貴族らしい服装が似合いそうだと思う。

ドレスを着たら、きっと華《はな》やかで今以上に美しいだろう。同性の私ですら、初めて彼女と対面した時は、その姿に見惚《みと》れてしまった。

容姿も実績もよくて、殿下ともこの短い時間で打ち解けている。

もし彼女に肉体があり、本当の意味で現代に復活したら、私に勝てるところなんて……一つもない。


——諦《あきら》める？


自分に問いかけた。

「メイアナ。少し疲《つか》れているか？　元気がないように見えるが」

「殿下……」

いつの間にか、殿下は私の隣に立っていた。顔を覗《のぞ》き込《こ》み、心配そうに首を傾《かし》げている。

「大丈夫です。考えることが多くて、ぼーっとしていました」

「そうか？　無理はするなよ。頼りきりになってしまってすまないが、大事なのは君自身の体調だ」

「はい」

殿下の温かな気遣いを受けて、私は思う。

諦めるなんて……嫌だ。

この気持ちに気づいてから、殿下のことばかり考えている。それくらい、私は殿下に惹《ひ》かれているんだ。

私じゃ、殿下の隣に立つには不足だろう。

それでも、好きになってしまったのなら、一度気づいてしまったら、諦めたくはなかった。少なくとも今、ここで諦めたら一生後悔《こうかい》する。

せめて気持ちを伝えたい。

たとえ結果が見えていたとしても、自分の気持ちを正直に、精一杯《せいいっぱい》伝えたいと思った。

でも、私は臆病だから勇気が出ない。

自分に自信が持てない。だからまず、自信をつけよう。

目の前にある扉《とびら》は、私にしか開けられない。結局、私の長所は何かと問われたら、一つしかない。

私はルーンの魔術師だ。私の存在価値は、ここに全て詰まっている。

少しでも殿下の隣に近づけるように、英雄には遠く及《およ》ばなくとも、私のことを意識してもらえるように。

私にできることを精一杯頑張《せいいっぱいがんば》ろう。

意気込《いきご》みを新たに、私は封印のルーン解読に勤《いそ》しんだ。


毎日……毎日頑張《がんば》った。

ルーンの解読は、進むごとに速くなってくる。ルーンを刻んだ相手に対する理解力が増し、共感性が上がるからだ。

ただ、今回の解読は七人分の思考を読み取り、理解しなくてはならない。

思考に規則性や癖《くせ》を見つけてなんとか繋《つな》げているけど、他人である事実は揺《ゆ》るがない。

七つの他人の思考を、一度に理解し統合する。

言葉で表すのは簡単だけど、並の作業ではなかった。

わかりやすく表現すると、七人の声を同時に聞き分けて、それぞれの問いに対して的確に答えなくてはならない。

耳は二つしかないし、考える頭も一つしかない。これがどれほど大変なのか、ルーンを知らない人間でも理解できるだろう。

私は毎日、封印のルーンに触れて、彼らの声に耳を傾《かたむ》ける。来る日も来る日も……精神を削《けず》るような作業だった。

作業開始から一週間が過ぎようとしていた頃だ。

「凄《すご》いわ、メイアナ。もう七割まで終わったのね」

「はい。あと……少しです」

「……随分《ずいぶん》疲《つか》れているわね？　休んだほうがいいんじゃないかしら？」

「大丈夫です。ようやく慣れてきたところなので……」

ここから解読は一気に加速する。

残る文字数は六十弱。一文字の解読にかかる時間もかなり短縮されてきた。このままのペースで進めば、三日あれば解読が終わる。

殿下に早く、いい報告がしたかった。

だから――

「……あ、れ……？」

「メイアナさん！」

「おい！　大丈夫かよ！」

護衛をしてくれていたシオン君とカイジンの声が頭に響《ひび》く。

視界に心配そうに見つめる二人の姿が映った。でも、おかしいな。二人とも逆さまになっている。

ぐわんぐわんと視界が揺れて、気分が悪くなった。

「無理しすぎね」

「ダチュラ……さん……？」

「昔の自分を……見ているようだわ」

最後に見たのは、私を同情するように見つめる彼女の姿だった。

◇◇◇

「……メイアナ」

「過労ね」

遺跡の調査中に倒れたメイアナは、シオンとカイジンによって自室のベッドに運ばれた。

すぐにアレクトスにも連絡《れんらく》がいき、彼はメイアナの部屋にやってきた。

医者の診察は終わっており、けがや病気ではなく、過労やストレスで身体が耐《た》えられなくなったのだろうと説明された。

彼女は今、ベッドでぐっすり眠《ねむ》っている。

シオンとカイジンは空気を読んで部屋を出て行ったが、ダチュラはまだ残っている。

「頑張り過ぎよ。この子は」

「ああ……そうだな」

アレクトスは小さくため息をこぼし、メイアナが眠るベッドの脇に立つ。反対側にはダチュラが立ち、二人で眠るメイアナを見つめる。

「初めて会った時から、そういう傾向《けいこう》はあったんだ。頑張り過ぎるというか。集中すると周りが見えなくなって、自分のことすら見えなくなるような」

「それは私も感じていたわ。もっと早く止めるべきだったわね」

「いや、君のせいじゃない。責任があるとすれば、俺だ」

「仕方ないわ。あなたは傍《そば》にいなかったもの。私が一番近くにいたのだから、気づくべきは私よ」

ダチュラの言葉を否定するように、アレクトスはゆっくりと首を横に振《ふ》った。

「どうして?」

「彼女は俺の部下だ。なら、どこにいても俺が一番に気づかなくちゃいけない」

「そこまで過保護でいる必要があるの？　仕事の関係でしょ？」

「……」

「それとも、それ以上の特別な気持ちでもあるのかしら？」

「――!?」

アレクトスが視線を上げると、ダチュラの顔が目の前にあった。

彼女は魂《たましい》だけの存在で、重力に左右されない。やろうと思えば地面を歩く真似《まね》などしなくとも、今みたいに浮《う》かぶことができる。

彼女はメイアナの姿が見えないように、身体でアレクトスの視界を遮《さえぎ》っていた。

「ねぇ、どうなの？」

「……わからない」

アレクトスは弱々しく、ぼそりと呟《つぶや》いた。

「ルーン魔術師としての彼女の才能、これまでの境遇《きょうぐう》への同情……彼女をスカウトした理由はいろいろある。素直に凄い人だと思っているし、尊敬もしている」

「それは、人としてでしょ？」

「ああ。それだけだった……はずなんだけどな」

語りながら、アレクトスは一歩横にずれて、メイアナの寝顔《ねがお》が見える位置に移動した。

ダチュラは振り向く。しかし、アレクトスが見ているのはメイアナだった。

「彼女は……俺の雨を晴れにしてくれた」

「雨？」

「ああ。ルーンで雨を止《や》ませてくれたんだ」

「凄いわね。天候を変えるなんて、結構難しいのよ」

「そうなのか？　やっぱり、メイアナは凄いよ」

アレクトスはしゃがみ込み手を伸《の》ばす。眠るメイアナの頬《ほお》に優しく触《ふ》れる。

「俺はずっと、雨が嫌いだった。その理由を知った彼女は、俺の前で雨を止ませて、こう言ってくれたんだ」


私がいる限り、殿下の元に雨は降らせません！

この先ずっと、私が晴れにしてみせます！


アレクトスの脳裏に、あの日の光景が蘇《よみがえ》る。思い出して、笑《え》みがこぼれる。

「嬉しかったよ」

「……そう」

ダチュラはくるりと反転し、部屋の扉のほうへと進んでいく。

「ダチュラ?」

「なら、大事にすることね」

背を向けたまま一言残すと彼女は姿を消し、遺跡へと戻っていった。

二人だけになった部屋で、アレクトスは眠るメイアナの額に触れ、髪《かみ》をさらっとなでるようにして、彼女の顔を見つめる。

「大事に……か」

◇◇◇

身体が重たい。けれど、なんだか安心する。

その理由は、目を開いてすぐにわった。

「……殿下?」

「目が覚めたか?」

「……! こ、ここは?」

「落ち着け。君の部屋だよ」

焦《あせ》って飛び起きようとした私を、殿下が優しく制止してくれた。

確かにここは見慣れた私の部屋で、私が横になっているのは自分のベッドだった。そして、隣《となり》には殿下がいる。

どうしてベッドで目覚めたのか。記憶《きおく》をたどってすぐに理解した。

「すみませんでした」

「いいや、俺こそ気づけずにすまなかった。頑張りすぎる性格だってことは知っていたはずなんだけどな」

「殿下……」

「とにかく、なんともなくてよかったよ」

彼はそう言って優しく微笑《ほほえ》む。

申し訳なさより、安心と喜びのほうが勝ってしまう。恋《こい》をすると、一緒にいるだけで心が晴れやかになる。

やっぱり私は、諦められそうにない。

「ご心配をおかけしました。明日からまた、頑張ります」

「無理せずに、な？　大事なのは君自身だ。もっと自分の身体を気遣ってあげるといい」

「はい」

私は決意した。

この解読を終えて、無事に魔神を再封印することができたら、その時に想《おも》いを告げよう。

たとえ届かなくとも構わない。自身の背中を押《お》して、この気持ちを全てぶつけよう。

◇◇◇

封印のルーン解読を始めて十二日後。

ついにすべてのルーン文字の解読が終了《しゅうりょう》した。あとは意味を理解し、想像しながら一文字ずつ読み上げるだけだ。

終了の報告をした翌日、改めて殿下とシオン君、カイジンに同行してもらって、扉を開ける準備を整えた。

私たちは扉の前に集まっている。

「いよいよかよ」

「こ、この扉の先に……魔神が、いるんですね」

「……メイアナ」

「はい」

心の準備を終えて、私は扉の前に立つ。隣にはサポートのため、ダチュラが一緒にいてくれる。

「始めてちょうだい」

「はい！」

ルーンを読み上げる。

二週間にも満たない短い時間だったけど、いろんなことを考えさせられた。間違《まちが》いなく、人生で一番濃《こ》い時間だったと思う。

この扉の先に魔神が封印されている。私の役目は、解けかかっている封印を、再び強固に結び直すこと。

それが終わったら、殿下に気持ちを伝えよう。

そう、思っていた。


扉に刻まれたルーン文字が光を放つ。

ゆっくりと扉が開いていく中で、私は見せられた。

扉のルーン文字に宿った彼らの意思、記憶。四千年前、彼らがこの地にたどり着き、魔神と戦った光景を。

そう、彼らはここで魔神と戦った。

仲間たちと共に苦難を乗り越《こ》えて、世界に混沌《こんとん》を齎《もたら》す魔神と相対した。

私は知った。

悪《あ》しき魔神の正体を……なぜ、ルーン魔術《まじゅつ》によって封印されていたのかを。

これまでと違《ちが》ったのは、記憶が一瞬《いっしゅん》で流《なが》れ込んできて、気を失わなかったことだ。なぜそうなったのかはかわからない。

というより、どうでもよかった。

見てしまった。知ってしまった真実に唖然《あぜん》として、私は目を合わせる。

記憶の中で、彼らが相対した魔神の姿は――

「ダチュラ……さん？」

「――ふふっ」

彼女は笑った。その笑みを、初めて怖いと感じた。

「ありがとう、メイアナ」

「――！」

彼女の声が、視線が、脳裏に響く。

扉は開いた。ただ、私は前に進むことなく立ち尽《つ》くす。そんな私に、よくない気配を感じたのは、シオン君だった。

「メイアナさん！」

「おい、急にどうした？」

「メイアナ？」

「……」

立ち尽くし、動かない私を不安げに見つめるアレクトス殿下。シオン君は警戒《けいかい》し、すでに聖剣《せいけん》に手をかけていた。

カイジンも異様な事態を察知し、険しい表情を見せる。未《いま》だアレクトス殿下だけは、状況《じょうきょう》を呑《の》み込めず混乱していた。

私は黙《だま》ったままだった。

しばしの静寂《せいじゃく》を挟《はさ》み、彼女は振り返る。

「メイ……アナ？」

その笑みに、アレクトス殿下も事態を把握《はあく》する。彼女の笑顔ではない。そこにあったのは紛れもなく……。

「ダチュラ？」

「ようやくちゃんと会えたわね。私の王子様」

「――!」

彼らは理解する。

目の前に立つ人物こそ、彼女に乗り移った女性こそが、封印されし存在。

――魔神であることを。

第五章◆魔神再臨

封印されし扉に刻まれたルーン文字。

かつて魔神を封印した七人の英雄が残した記憶が、私の脳内にあふれ出す。私が見たのは真実であり、隠された事実だった。


ルーンの始祖の一番弟子《でし》だった彼は、魔神がどこにいるのかを知っていた。

彼が最初に、魔神と戦うことを決意し、各地に散っていた仲間たちに声をかけて回った。

一人の力では到底《とうてい》たどり着けない未来だから、皆《みな》にも協力してほしいと。

魔神によって世界は混乱の渦《うず》に呑みこまれた。

平穏《へいおん》な暮らしを破壊《はかい》され、大切な人を傷つけられ、彼らは怒《おこ》っていた。顔も見たことがない魔神に対して、恨《うら》みを感じていた。

しかし、彼だけは違った。

魔神を憎《にく》んだり、魔神に怒ったりすることはなかった。

ある時、不思議に思った仲間の一人が彼に尋《たず》ねた。君は、魔神がどんな存在なのかを知っているのか、と。

彼は答えなかった。

知らないのであれば、知らないと否定すればいい。そうしなかったということは、彼は何かを知っている。

ただ、答えないということは、口に出せないような存在なのだろう。


もう一つ、彼に質問した。

先生はどこで、何をしているのかと。

彼らにルーン魔術を教えた偉大《いだい》な師がいてくれたら、凶悪《きょうあく》な魔神とも戦える。世界を、人々を救うこともできる。

彼は答えない。

皆、彼が先生の傍にい続けていたことを知っていた。故に、彼が知らないはずはないことも……。

他の質問には、彼は快く答えてくれた。

唯一《ゆいいつ》答えてくれない二つの問い……魔神と先生には、何か因縁《いんねん》があるのだろう。

魔神によって先生が殺されてしまったのだとしたら、彼らの怒《いか》りは頂点に達する。

しかし、彼らは心のどこかで気づいていた。

もう一つの……おそらくは、彼が答えられなかった理由が、すべて詰まった回答に。

彼の案内で、魔神がいる場所に近づいていく。

懐《なつ》かしい景色を見ながら、嫌な予感は確信へと変わってしまった。

そう、魔神は……。
彼らの前に立っていたのは――

◇◇◇

「ダチュラさん……？」

「ふふっ、ありがとう、メイアナ」

妖艶《ようえん》な笑みで私に近づく。

彼女だ。彼女こそが、世界に災厄《さいやく》と混乱を招いた存在、魔神だった。どうして気づけなかったのか。

魔神を封印したルーン魔術師というのは嘘《うそ》だ。

彼女《かのじょ》がここにいたのは、魂の状態で漂《ただよ》っていたのは、封印が緩《ゆる》んだことで、意識だけは外に出られるようになったから。

私が解読し、解除してしまった扉の封印こそが、魔神を閉《と》じ込めておく最後の砦《とりで》だったことに、今さら気づかされる。

なんて間抜《まぬ》けなんだ。

いけない。みんなはそのことに気づいていない。伝えなくちゃ！

みんなに、殿下に。

薄《うす》れていく意識の中で、私は思いを、力を振り絞《しぼ》って、まだ何も刻まれていないルーンストーンに文字を刻んだ。

どうか届いてほしい。

私の思い、願いが、みんなの未来を救ってくれますように。

◇◇◇

振り返った彼女が見せた笑顔に、彼らは戦慄《せんりつ》する。メイアナ・フェレスの肉体を、ダチユラが乗っ取った。

驚愕《きょうがく》と混乱から数秒で回復し、アレクトスは彼女に問う。

「ダチュラ……君が魔神だったのか？」

「そんな怖い顔をしないで、アレクトス。いい男が台なしになってしまうわ」

彼女は不敵に微笑む。アレクトスは唇《くちびる》を噛《か》みしめ、自らの不安を発露《はつろ》するように、ダチュラに向けて叫《さけ》ぶ。

「答えてくれ！　君が魔神なのか！」

「……そう呼ばれたこともあったわね」

「っ――！」

「てめぇ、最初からオレらを騙《だま》してやがったのか！」

カイジンが叫ぶ。およそ初めて見せるほど、怒りに満ちた表情でダチュラを睨《にら》みつけ、すでに大剣《たいけん》に手をかけていた。

「そんなに怒ってはダメよ？　カリカリしていると、寿命《じゅみょう》がなくなるわ。短い人生なのだから、もっと穏《おだ》やかに生きましょう」

「はっ！　四千年も前の奴《やつ》がよく言うぜ！　その身体から出て行きやがれ！　そいつは……てめぇのもんじゃねーんだよ！」

カイジンは背中から大剣を抜《ぬ》き去り、切っ先をダチュラに向ける。

本気の怒りと殺意を向けられて尚《なお》、ダチュラは笑みを崩《くず》さない。ふらりと舞《ま》う蝶《ちょう》のように、その場でくるりと回転する。

「嫌よ？　せっかく手に入れた新しい身体なんだから、返さないわ」

「てめぇ……」

「ずーっと待っていたのよ。あの邪魔《じゃま》な扉を破壊してくれる人を……私の器に相応《ふさわ》しい優《ゆう》秀《しゅう》な肉体を」

「……最初から、メイアナの肉体が目的だったのか？」

アレクトスは悔《くや》しさに唇を噛み、乗っ取ったメイアナの肉体で嬉《うれ》しそうにダンスを踊《おど》るダチュラに問いかける。

彼女は舞い踊りながら、アレクトスの問いに答える。

「そうよ。この身体が欲《ほ》しかったの。でも、それだけじゃなかったわ。私はずっと暗い地下にいたでしょう？　寂《さび》しかったのよ」

「……」

「外の世界を見てみたかった。ありがとう、アレクトス。私の願いを叶《かな》えてくれて。優しくしてくれて嬉しかったわ」

「君が魔神だと知っていたら……」

「態度は違った？　そんなことないわ。だって、あなたと私は運命の赤い糸で結ばれているのだもの」

「……何を……」

ダチュラが浮かべた笑みは、女性としての表情に他ならなかった。そんな笑顔《えがお》を向けられたアレクトスは動揺《どうよう》する。

「――シズリ」

「――!?」

彼女が口にしたのは、知らない誰《だれ》かの名前だった。

この場にいる誰も、彼女以外はその人物のことを知らない。だが視線は、アレクトスに向けられていた。

（……なんだ？　知らないはずなのに）

その名は、アレクトスの心に響いていた。聞いたことがない名前なのに、なぜだか呼ばれ慣れているような……。

懐かしい感覚に、彼は混乱していた。

そんな彼を見つめながら、ダチュラは妖艶な笑みを見せ、真実を語りだす。

「私は本当に幸運だったわ。この身体の持ち主……メイアナのような優《すぐ》れたルーン魔術師《まじゅつし》がいる時代と、封印《ふういん》が緩んだ時期が一緒だったなんて、まさに奇跡《きせき》ね」

ダチュラは肉体を持っていない。

封印されていた四千年という長い月日が、人間だった彼女の肉体を腐《くさ》らせ、風化させてしまった。

故に、もしも封印が時間経過で解除されていたとしても、彼女は新たな肉体を手に入れるまで何もできなかった。

封印から目覚めてすぐ、彼女は自分の魂が入るような強く優れた器を探すため、世界を彷徨《さまよ》うことになっただろう。

だが、その必要はなくなった。

かつて世界を救った偉大な英雄《えいゆう》たちに並ぶ……否、それ以上の逸材《いつざい》が、現代に生まれていたのだから。

ダチュラは自分の、メイアナの胸に手を当てて語る。

「この子は凄いわ。私が昔、ルーンを教えた子たちと同じ……いいえ、それ以上の才能を秘《ひ》めている。私とよく似ているわ」

「……彼女を、魔神《まじん》と一緒にしないでくれ」

「魔神なんてひどいこと言わないで。貴方《あなた》に言われると悲しいわ、シズリ」

「俺《おれ》はアレクトスだ。シズリなんて名前じゃない」

「いいえ、あなたはシズリ。私の……一番弟子」

「――!」

輪廻《りんね》転生。この世に生まれた魂は、生と死を無限に繰《く》り返しているという考え方がある。

その考え方は正しくはないが、間違ってもいなかった。そうやって、何度も世界に舞い戻《もど》る魂は存在する。

彼《かれ》らに共通しているのは……後悔だ。

生まれ変わりたいと強く願うほどの大きな後悔を持つ者だけが、輪廻転生の歯車に組《く》み込まれ、その後悔が消えるまで、何度も生まれ直す。

何度も、何度も……後悔が消えなければ、たとえ何千年、一万年を超《こ》えても、生まれ変わることになるだろう。

「あなたはルーンの力で……自らの意思で生まれ変わることを望んだのよ」

「何を……」

「もう気づいているはずよ。あなたは……現代に生まれ変わった。王子様、アレクトスとして」

「……」

自分自身が誰なのか。そんなことを本気で考える人間は少ない。

名があり、家族があり、歩んできた道のりが、自分自身を確固たる一人の存在として認《にん》識《しき》させている。

故に、そのような問いを投げかける必要はなかった。

だが、彼は問いかけることになる。

——俺は……誰だ？

自分の胸に手を当てて考えさせられていた。

ダチュラの話は荒唐無稽《こうとうむけい》で、まったく信じられない。嘘だと口では否定できる。

しかし、彼の魂が共感していた。

たとえ記憶がなくなろうと、まったく別の存在として生きようとも、その魂だけは変わることがない。

一度気づいてしまえば、気にしてしまえば拭《ぬぐ》い去ることができない感覚が、アレクトスの全身を駆《か》け巡《めぐ》る。

「私は本当に幸運だったわ。大切なあなたが……最愛のあなたがここにいてくれる。また出会えた。これが運命じゃなかったら、なんだというの？」

「……最愛？」

アレクトスは加速する鼓動《こどう》を抑《おさ》えるように、自身の左胸を掴《つか》む。

「君を封印した男が、最愛だって？」

「ええ。私はあなたを愛しているわ、シズリ」

「……」

「だから、一緒《いっしょ》に生きましょう」

ダチュラは手を差し出す。敵意はなく、悪意もなく、純粋《じゅんすい》にアレクトスのことを求めるような声で、態度で。

差し出された右手は、握《にぎ》りやすいよう適度に開いていた。

「この世界を、今度こそ二人で楽しく生きましょう。四千年前も経《た》っているのだから、喧《けん》嘩《か》したことだって過去のことよ」

「喧嘩……」

世界を巻き込む壮大《そうだい》な戦いを喧嘩と表現することに、アレクトスが疑念を抱くのは当然だった。

と同時に、彼は直感する。

比喩《ひゆ》ではない。彼女はおそらく本気で、かつての戦いを喧嘩程度にしか思っていないのだと。

「私は寂しかったわ、シズリ。もう独りぼっちは嫌《いや》なのよ」

「……」

「我慢《がまん》もしたくないわ。新しい世界で、一緒に楽しく生きていきましょう。そうね、まずは住むところを探しましょう。大きくなくていいわ。二人で暮らすのに十分な広さがあればいいの」

彼女は理想を語り始める。

夢見る乙女《おとめ》のように、ワクワクしながら指折り数える。

「それから、近くに川があるといいわね。暑い日は水浴びなんかして遊びましょう」

「君は……」

「料理は相変わらず苦手よ。あなたは得意だったでしょう？　それ以外の家事なら頑張るわ。あー……想像するだけで楽しそうね」

「……」

未だ悪意は感じられず、彼女が耐え続けた四千年の孤独《こどく》が脳裏《のうり》を過り、あるはずのない未来の光景を連想する。

そういう未来も、そういう可能性もあったのかもしれない、と。

「楽しいわ、きっと！　でも、その前にまずは、人間がいらないわね」

「――！」

「こんなに増えてしまって……本当に嫌になる。まるで虫と一緒だわ。害虫はしっかり駆《く》除《じょ》してあげないと」

「何を……」

「ああ……聞こえるわ。うじゃうじゃと……本当にいい迷惑《めいわく》ね」

彼女は耳を澄《す》ませていた。

楽しげに語っていた表情は一変し、まるで廃棄物《はいきぶつ》を見るような冷たい視線で、遺跡《いせき》の天《てん》井《じょう》を見上げている。

彼女が見ているのは天井ではなく、そのずっと先で暮らしている人々だった。

「てめぇ何がしてーんだよ」

「カイジン？」

二人の会話に、カイジンが割って入る。

「悪いな、王子様。難しい話はさっぱりなんで、いい加減ハッキリさせようぜ」

「……」

「こいつは、オレたちの敵でいいんだな？」

カイジンがアレクトスに問いかける。

真剣《しんけん》に、まっすぐ彼の瞳《ひとみ》を見つめながら、本心の答えを待っていた。

「敵だなんて思わないで。あなたも、シズリのお友達なら歓迎《かんげい》するわ。邪魔さえしなければ……ね」

「だまってやがれ！　こいつはシズリなんて名前じゃねーんだよ」

「カイジン……」

「そんでもって、その身体はお前のもんじゃねぇ。なぁ、そうだろ？」

「――！」

アレクトスの視線の先には、彼女が立っている。

四千年ぶりに復活した魔神、ルーン魔術の始祖……ダチュラ。しかしその肉体は、彼女のものではない。

「……俺は間抜けだな」

彼は小さくため息をこぼし、自分に呆《あき》れていた。

様々な事情、情報を一気に受け取り混乱していたせいで、一番大切なことから意識が逸《そ》れていた。

自分が何者で、彼女が誰であろうとも……たった一つ、確かなことがあった。

「その身体はメイアナのものだ。返してもらおう」

「そういうこった！」

因縁があろうとなかろうと、メイアナの肉体を奪《うば》った事実は消えない。彼女の身体を取り戻すため、アレクトスはダチュラに敵意を向ける。

その敵意を受け取り、ダチュラは悲しそうな表情で言う。

「……そう。また、私のことを否定するのね」

「……」

その表情に胸をぐさりと突《つ》き刺《さ》したような痛みを感じながら、動揺と不安を振り切るように、自らの頬を叩《たた》く。

「君が誰で、俺が誰かは後で考えればいい！」

「そうだぜ！　まずはあの盗人《ぬすっと》をとっちめるのが先だろうが！」

「ああ、ありがとう。カイジン」

カイジンの言葉で決心したアレクトスが、魔術を行使しようと身構える。相手はメイアナの肉体を奪っている。

彼女の身体を傷つけないよう、まずは身動きを封《ふう》じることを思考する。

「甘《あま》いのね。そういうところも変わっていないわ」

「――!?」

だが、失念してはならない。見た目はよく知る女性で、大切な仲間であっても、その中身はかつて……世界を滅《ほろ》ぼしかけた魔神であることを。

油断、手加減をしてはいけない。その一瞬の迷いをつくように、ダチュラはアレクトスの眼前に迫《せま》っていた。

彼女は右手を伸ばし、アレクトスに触れようとする。

「一緒に生きましょう?」

「くっ……身体が……」

いつの間にかルーンの力で身体が拘束《こうそく》されていたことに気づく。迫る手に、アレクトスは恐怖《きょうふ》を感じた。

「ねえ、シズリ。あなただけは私に、そんな悲しい感情を向けないで」

「……君は……」

「殿下《でんか》から離《はな》れてください」

「――!?」

彼女の手がアレクトスの頬に触れかけた瞬間《しゅんかん》、その手をシオンの聖剣《せいけん》が弾いた。

およそ生身の肉体との衝突《しょうとつ》とは思えない金属音が響《ひび》き、ダチュラは大きく後ろへ下がる。

「シオン！」

「あなたも邪魔をするのね」

「……その身体は、メイアナさんのものです」

「ふふっ、怖《こわ》い目。普段《ふだん》のあなたとはまるで別人だわ」

シオンはすでに聖剣を抜き、構えてダチュラと向き合っていた。

「でも、驚《おどろ》きはしないわ。あなたは最初から、私のことをずっと警戒していたでしょう？」

「……」

皆がダチュラと馴染《なじ》み、心を近づける一方で、シオンだけは距離《きょり》を置いていた。人見知りや恥《は》ずかしさからくるものだと、誰もが思っていた。

だが、そうではないと……。

「私は気づいていたわよ」

「……違いますよ。別に、警戒していたわけじゃありません。ただ、あなたの心が見えなかったから」

シオンの瞳は他人の心を映し出す。本来形にならない心が、彼の目には物体や現象のように映し出される。

アレクトスが雨、メイアナが花であるように。

人間には心があり、彼の目はそれを見抜《みぬ》くことができた。ただ一人、例外が存在する。

「あなたの心だけは見えなかった。最初は、霊体《れいたい》だからだと思いましたが、そうじゃないことに、今気づきました」

「……じゃあ、何なの？」

「あなたには、心がないんです」

シオンはハッキリと言い放つ。ダチュラは驚きもせず、笑みを浮《う》かべていた。

「メイアナさんの身体を手に入れても、ボクの目には何も映りません。ないものは映らないから」

「酷《ひど》いわ。悲しくなっちゃうじゃない」

「その言葉にも何の感情も籠《こも》っていない。表情だって適当なんでしょう？　それっぽい表情を浮かべているだけ……あなたは、人間の真似《まね》をしているだけなんだ」

「……ふふっ、やっぱり……」

ダチュラは笑《え》みを浮かべたまま、シオンに言い放つ。

「あなたのことは嫌《きら》いだわ」

直後、彼女の背後に影《かげ》の魔物《まもの》たちが出現する。

「その言葉……本心みたいですね」

「ふふっ、全部本心よ」

影の魔物たちは一気に増えて、アレクトスたちを取り囲んだ。カイジンが四方をぐるっと確認《かくにん》しながら叫ぶ。

「おいおい、こいつらもてめぇの差し金だったのか？」

「ええ、驚いたかしら？」

「ああ、驚いたぜ？　意味不明すぎてなぁ！」

彼女の行動は矛盾《むじゅん》していた。

自身の肉体になり得る相手を探しながら、その進行を阻《はば》むために影の魔物を差し向けていたことになる。

しかし、それには意味があった。

「試《ため》していたのよ。私の器になる素養があるのか」

「はっ！　偉《えら》そうに語りやがって……メイアナの身体がなきゃ、何もできねーくせによ」

「ふふっ、気づかなかったあなたも間抜けね」

「まったくだなぁ！　間抜け同士、今度は強さ比べでもしようぜ！」

カイジンが動き出し、周囲に出現した影の魔物と交戦を開始する。

「そっちは任せた！　メイアナの身体、てめぇらで取り戻せ！」

「彼女の相手はボクがします。メイアナの身体。殿下はその間に、方法を考えてください！」

「わかった。ありがとう、二人とも」

カイジンは魔物と戦い、シオンはダチュラと交戦することで、アレクトスに思考に集中する時間を与《あた》える。

彼らの中で、メイアナの肉体を傷つけず、ダチュラを追い出すことができるとすれば、魔術師であるアレクトスだけだった。

各々《おのおの》の役割を瞬時《しゅんじ》に理解し行動を始める。

シオンは聖剣を振《ふ》るい、ダチュラはルーンを空中に刻み、光の壁《かべ》を生成して防御《ぼうぎょ》する。

「あー、やっぱり嫌いだわ。あなたじゃなくて、その剣が嫌い」

「――――！」

複数のルーンを空中に描《えが》き、水と雷《かみなり》を生成し混ぜ合わせ、シオンを攻撃《こうげき》する。咄嗟《とっさ》に地面を蹴《け》り、上へ跳《と》んで回避《かいひ》する。

「その剣を見ているとイラつくわ。私と同じ癖《くせ》に、いい感情ばかり受け取って……」

「同じ？」

シオンはダチュラの攻撃を回避しながら首を傾《かし》げる。

「知らないのね？　その剣が、聖剣がどうやって生まれたのか」

「……」

「ちょうどいいから教えてあげる。その剣はね？　人間の心から生まれたものよ」

「――心？」

四千年前、世界は魔神によって混沌に包まれた。

偉大なルーン魔術師によって救われたが、決して被害《ひがい》そのものが消えたわけではなかった。戦いの爪痕《つめあと》は、大きく確かに残ってしまった。

人々は嘆《なげ》き、願った。

何も失いたくないと。次に悲劇が襲《おそ》った時、自分たちを守ってくれる存在を欲《ほっ》した。

人々の願いに応えるように、聖剣が世界に誕生したのは、魔神封印《まじんふういん》とほぼ同じ時期だったとされている。

「その剣は人間の願いの結晶《けっしょう》……もう二度と何も失いたくない。守ってほしいという思いから生まれた……人類の希望よ」

「それの、どこが同じなんですか？」

「同じよ？　だって私にも、人間の感情が流れ込《こ》んでくるんだから」

「――！」

彼女は生まれつき、特別な力を持っていた。

思い願うことを現実にする力。優れた力ではあったが、想像力が必要だった。一人の想像力には限界がある。

だから彼女は耳を傾《かたむ》けた。彼女の耳は、周囲にいる人々の心の声を聞くことができた。

「あなたも……」

「同じでしょう？」

他人の心が見える眼を持つ勇者と、他人の心の声が聞こえる耳を持った魔神。二人の力はどちらも、感受性の高さから生まれた副産物である。

彼らは普通《ふつう》の人間より、他人に共感しやすい体質を有していた。

中でも、ダチュラのそれは顕著《けんちょ》だった。望まなくとも、耳を塞《ふさ》いでも聞こえてきてしまう。幸福よりも大きく重い絶望、不安、妬《ねた》み、嫉《そね》み、僻《ひが》み……悪感情に晒《さら》される日々を送っていた。

「想像できるかしら？　できないでしょうね……希望ばかりを見ているあなたには」

「っ……」

故に両者は相容《あいい》れない。同じであっても、同じにはなれない。勇者と魔神、この結果がすべてを物語っている。

シオンがダチュラの注意を引いている隙《すき》に、アレクトスが魔術《まじゅつ》を発動させる。選択《せんたく》したのは精神干渉《かんしょう》系の術式。

事例は特殊《とくしゅ》ではあるが、メイアナは現在他者に操《あやつ》られている状態にある。洗脳を解除できる術式なら、今の彼女にも効果があると判断した。

アレクトスはダチュラの背後に転移し、右手をかざし術式を行使する。

その判断は間違《まちが》ってはいなかった。

「メイアナ！」

「――残念、届かないわよ」

「――！」

相手は人間であって人間ではない。かつて人から魔神へと進化した唯一の存在だった。

彼女はルーン魔術の祖、あらゆる魔術は彼女から派生した。

故に、彼女に現代魔術は……。

「通じない……のか？」

「落ち込まないで。魔術がなくてもあなたは素敵《すてき》よ」

「っ……」

再びアレクトスに手を伸《の》ばすダチュラ。一度目と同様にシオンが割って入り、二人は距離をとった。

「もう、邪魔しないでくれる？」

「大丈夫《だいじょうぶ》ですか？　殿下」

「ああ、だが……」

打つ手がない。

頼《たの》みの綱《つな》であった魔術が効かない相手に、どうやって立ち回ればいいのかわからず困惑《こんわく》していた。

倒《たお》すのではなく、肉体を取り戻す方法を考えていたアレクトスだったが、ここにきて選択を迫られることになる。

このまま彼女を地上に出せば、世界は再び混乱の渦に呑《の》みこまれるだろう。

救う手立てがないのなら、ここで彼女を殺すしかない。

（メイアナ……）

「諦《あきら》めて一緒に生きましょう？　あなたと私の、二人だけで……」

「くっ……」

（それしか……方法はないのか？　彼女を救う方法は……）

アレクトスの脳内にあふれ出すメイアナとの思い出。

悲しき過去を知った彼女が、自身を救おうと雨を止《や》ませてくれた日のことを。あの日、己《おのれ》の無力さから母を救えなかった。

今また、同じことを繰り返そうとしている。

「……ダメだ」

「そうよ。諦めて――」

「なんとしても彼女を取り戻す！」

「――！」

諦めることを、彼は諦めた。

悩《なや》み苦しむ選択以外を全て切り捨て、どんな方法を使おうとも、自身の何を犠牲《ぎせい》にしようとも、彼女を救うことを諦めない。

自己犠牲。アレクトスはもとより、自分の身を顧《かえり》みない。自分を犠牲にして大切な人を救えるなら、平気で命を差し出す。

だが、今の彼が思い描いているのは――

「俺は諦めない。彼女も……自分も！」

初めて、自分を勘定《かんじょう》に入れた。

たとえメイアナを救うことができても、そのためにたくさん傷つき失ったら、彼女はきっと悲しむだろう、と。

そこに幸福はなく、後悔《こうかい》しか残らない。

アレクトスはようやく、これまで自分がしてきたことが、自己犠牲をいとわない精神が、間違いだったことに気づいた。

「傲慢《ごうまん》よ。それは」

「なんとでも言ってくれ。俺は決めたんだ。彼女は助ける。一緒に地上へ戻るのは君じゃない。メイアナだ！」

「どうして、私じゃダメなの？　同じじゃない。声も、見た目も、あなたが望むならメイアナのフリをしてあげてもいいのよ？」

「違《ちが》う！　フリなんかじゃない！　俺が助けたいのはメイアナだ。断じて、君じゃないんだよ！」

決別と決意。

魂《たましい》の揺《ゆ》らぎを振り払《はら》い、アレクトスは選択した。過去か、それとも未来か。その結果が、彼らに奇跡を起こす。

「――!?　これは……！」

「ルーンの光？」

ダチュラの身体からルーンストーンが飛び出し、アレクトスの元へとたどり着く。指先で触《ふ》れた瞬間、アレクトスの脳裏に浮かび上がる。

◇◇◇

「ここは……」

気づけば真っ白な世界に立っていた。何もない殺風景な……けれど、安心できる暖かな場所に。

「殿下」

「メイアナ」

自分だけじゃないことに気づいたのは、数秒後だった。アレクトスの眼前には、ダチュラではないメイアナが立っていた。

急いで歩み寄ろうとするが、見えない壁に阻まれてしまう。

「時間がありません。私の話を聞いてください」

「メイアナ？」

「殿下……彼女を、ダチュラさんを助けてほしいんです」

「――！」

アレクトスは驚愕する。現在、ダチュラに身体を乗っ取られている彼女の口から、敵であるはずの彼女を助けてほしいと聞こえたから。

「どういう……ことだ？」

「私は、彼女の魂に触れました。それでわかったんです。どうして彼女が、魔神になってしまったのか」

メイアナは語りながら、どこか悲し気に目を伏《ふ》せる。

「殿下、彼女を魔神にしてしまったのは、私たち人間なんです」

「――！　俺たち……？」

メイアナは小さく頷《うなず》く。

ダチュラは人間だった。ただし、特別な力と、高い感受性を宿していた。

他人の心の声が聞こえる。否、聞こえるのではなく、集めてしまっていた。彼女は生きながら、その場にいるだけで、周囲の感情を集める体質だった。

受け取る感情を選ぶことはできない。

幸福な感情よりも、負の感情のほうが多く、そして残りやすかった。故に、彼女《かのじょ》は人と関わらないように逃《に》げた。

山奥《やまおく》で暮らし、ひっそりと生きていた。それでも、彼女の体質は、彼女の能力の強さに比例して範囲《はんい》を広げていった。

逃げても逃げても、誰かの心に押《お》しつぶされてしまう。次第《しだい》に、彼女の心は壊《こわ》れてしまった。人々の感情の坩堝《るつぼ》と化した彼女は、人から魔神へと自らを変貌《へんぼう》させる。

負の感情の重さに、大きさに、肉体が耐《た》えられるように。

「ダチュラさんを苦しめていたのは、人々から生まれる悪感情です。私たちは……知らない間に、彼女を苦しめていたんです」

「そういう……ことだったのか」

「はい。だから助けましょう！」

「メイアナ……」

彼女の瞳には本気の思いが宿っていた。

経緯《けいい》はどうあれ、事情はどうあれ、自身の身体を勝手に奪われたはずなのに、本心からダチュラのことを気遣《きづか》っている。

生半可な精神では、彼女を助けたいなどと思えないだろう。

「今の彼女を動かしているのは、過去に彼女を苦しめた負の感情です。だから反対の、正の感情で心を満たせば、きっと元に戻ります！」

「元に……人間に戻るのか？」

「……朽《く》ちた肉体は戻りません。それでも、人間だった頃《ころ》の、幸せだった頃を少しでも思い出してくれたら」

「幸せ……そんな時期が、彼女にもあったのか？」

常に他人の感情に左右され、勝手に押し付けられてきた彼女に、安らぐ時間があったのだろうか？

アレクトスの疑問にメイアナが答える。

「答えは、殿下の中にあります」

「俺の……中に？」

「はい」

メイアナは小さく頷いて続ける。

「もうお気づきのはずです。殿下は……四千年前、彼女を封印したルーン魔術師の生まれ変わりです」

「……本当にそうなのか」

「間違いありません。ダチュラさんの心に触れて確信しました。どうして彼女が……殿下に好意的だったのかも……」

メイアナはほんの少し、悔《くや》しそうな表情を見せた。

「私もここから、彼女の心に呼びかけます。でも、私の言葉だけじゃ……届かないんです。殿下の言葉なら！」

「……ははっ、君って人は……」

今、苦しんでいるのは自分のはずだ。

身体を乗っ取られ、いいように扱《あつか》われているのは彼女なのに、心から他人の心配をして、あまつさえ倒すのではなく、助けてあげてほしいと願う。

そう、でもそれが、メイアナ・フェレスという人間なのだと、アレクトスは知っていた。

「君らしいな。そして、誇《ほこ》らしいよ」

「殿下？」

「メイアナ、君の願い、意思は受け取った！」

アレクトスは力いっぱいに拳《こぶし》を握る。

「彼女を救おう！　そして、一緒に帰るんだ」

「――はい！」

誓《ちか》いを胸に、思いを胸に、アレクトスは再び現実世界へと戻る。

時間にして、僅《わず》か一秒にも満たない。

アレクトスの脳内には、メイアナが残したルーンによってダチュラの情報が流《なが》し込まれていた。

◇◇◇

彼女がなぜ魔神になったのか。何を想《おも》い、苦しみ、悲しみ、生きてきたのか。

純白の空間で話した内容をより鮮明《せんめい》に記憶《きおく》として焼き付ける。その手には未《いま》だ光を失わないルーンストーンが握られている。

「それはルーン？　どうして……」

「メイアナ、君は本当に凄《すご》いよ」

「メイアナさんの、ルーン？」

「ああ。彼女が残してくれた力だ」

シズリの転生者であるアレクトスには、ルーン魔術の才能はなかった。

長い年月、幾度《いくど》の転生を繰り返したことで、彼の中からルーンの才能だけが失われてしまったからだ。

これは奇跡《きせき》である。

ルーンは、刻んだ魔術師《まじゅつし》の思い、意図を読み解くことで効果を発揮する。ルーン魔術の才能がない今のアレクトスに、メイアナのルーンを使うことはできない。

だから奇跡である。

メイアナの強い想いが、アレクトスを心から信じ、アレクトスもまたメイアナのことを思った結果、二人の心が繋《つな》がった。

失われていたルーン魔術の才能が、一時的にアレクトスの肉体に復活する。

「メイアナ……この子が悪さをしたのね？　イケナイ子だわ」

「彼女は心配していたよ。君のことを」

「心配？　恨《うら》むの間違いじゃないのかしら？」

「いいや、彼女は一切恨《いっさいうら》んでいなかったよ。心の底から、君を案じていた。君を救ってほしいと頼まれたんだ！」

メイアナが残したルーンストーンは一つ。表と裏に一つずつ、異なるルーン文字が刻まれていた。

表に刻まれたルーンは【ᛊ】《ソウエル》。彼女が多用するルーンの一つで、有する意味は太陽、光。

裏に記されたルーン文字は【ᚹ】《ウニョー》、有する意味は喜びである。

アレクトスはルーンストーンを握りしめる。

「シオン、下がっていてくれ。ここからは俺《おれ》の仕事だ」

「大丈夫……なんですか？」

「ああ、大丈夫。必ず助けてみせる！　メイアナも、ダチュラも！」

メイアナとの邂逅《かいこう》で過去を知り、アレクトスは間接的に自身がシズリだったころの記憶を思い出していた。

「先生、俺はあなたが大切だった」

「――――！」

握りしめたルーンストーンによって、アレクトスの正の感情が増幅《ぞうふく》され、光となって拡散される。

「先生が苦しんでいることは知っていた。俺がずっと離れなかったのは、先生を助けたかったからだ」

「シズリ……？」

攻撃を仕掛《しか》けようとしていたダチュラが、その手を止めた。アレクトスだった彼《かれ》から、より鮮明に、かつての弟子《でし》の気配を感じ取った。

「助けたかった……苦しんでほしくなかった。先生には、誰《だれ》より幸せになってほしかった。

でも……幸せだったのは、いつも俺のほうだったんだ。俺だけが……俺たちだけが……」

「違うわ、シズリ！　私も幸せだったのよ？　あなたと一緒にいられて、可愛《かわい》い弟子たちが傍《そば》にいてくれて」

増幅された正の心が、魔神《まじん》と化していたダチュラの心を解いてゆく。彼だけの力ではない。ダチュラの中で、メイアナも同じように叫《さけ》んでいた。

幸せだった日がある。それを思い出してほしい。彼女が心から願ったのは、人々が苦しむことなんかじゃない。

「後になって気づいた。先生がルーンを作ったのは、俺たちに知ってほしかったんだ。自分のことを……同じ目線に立ってくれる人がほしかった」

「そうよ。私は……一人でいたかった。でも、一人が好きだったわけじゃない。ずっと……寂《さび》しかった。だから嬉《うれ》しかったの。あなたが、みんなが私に好意を向けてくれて」

彼女には望みを叶《かな》える力があった。しかし彼女の望みは、人々から溢《あふ》れ出た負の感情によって歪《ゆが》んでしまった。

その歪みが今、四千年の月日を経て正される。

時代を超《こ》えた最愛の人の魂と、現代のルーン魔術師の力によって――

「苦しいだけじゃなかった。私には、あなたがいた。みんながいた。どうしてかしら？

なんで……そんな当たり前のこと、忘れていたの？」

「先生のせいじゃないよ」

「シズリ……」

「ごめん、先生。俺はもうシズリじゃない。だからこれが、俺から先生に渡《わた》せる全部で、最後だ」

アレクトスは歩み寄り、シズリとしての思いが全て込められたルーンストーンを、彼女に手渡《てわた》した。

「そうね。私たちは……過去の人だから」

「先生……今までありがとう。俺たちを育ててくれて、ありがとう。先生と一緒《いっしょ》にいられて、俺たちは幸せだった」

その思いは、シズリだけのものではない。遺跡に宿るルーンたちが、彼の言葉に呼応して、感謝をダチュラに伝えた。

「ああ――こんなにも、幸せだったのね」

こうして、四千年の時を経て、魔神は人へと戻《もど》った。

エピローグ◆華は散り、そして萌ゆ

私の中にあったもう一つの魂が消えていく。私の中から抜《ぬ》け出していく。満ち足りた気分に浸《ひた》りながら。

「――殿下」

「メイアナ、おかえり」

「……はい」

意識を取り戻した私を、殿下が優《やさ》しく迎《むか》えてくれた。殿下の膝《ひざ》の上は心地《ここち》よくて、もう少し眠《ねむ》っていたい気持ちだったけど、私は名残《なごりお》惜しさを感じながら起きる。

「気がついたかよ」

「よかったです……」

「カイジンさん、シオン君……心配をかけてごめんなさい」

二人もよく頑張《がんば》ってくれた。乗っ取られていた時の記憶は、今の私にも鮮明に残っている。こうして私が私でいられるのは、彼らがいたおかげだ。

そして……。

「ありがとうございました。ダチュラさん」

「――変わった子ね。あなたは」

私たちの前に、ダチュラが立っていた。初めて対面した時と同じ、霊体に戻り、呆《あき》れたような表情をしている。

「感謝するのはこっちよ。おかげで……いろいろ思い出せたわ」

「ダチュラさん……」

「私は、こんなにも幸せだった。幸せだと思える時間があった。それを思い出せただけで、十分すぎるわ」

今の彼女は魔神ではない。ただの……独りぼっちが苦手な、寂《さび》しがり屋《や》の人間だ。彼女を苦しめていた負の感情は、幸福によって塗《ぬ》り替《か》えられた。

正気に戻ったダチュラは、アレクトス殿下に視線を向ける。

「シズリ、ううん、アレクトスだったわね」

「ああ、俺はアレクトスだよ」

「残念だけどそうみたいね。もう、今のあなたをシズリだとは思えないわ」

「ははっ、そうか。ならよかった」

二人は気の抜けた笑顔《えがお》を向け合う。師弟《してい》ではなく、ただの知り合い、一人の友人としての距離感で。

ダチュラの身体が、淡《あわ》い光を放ち始めた。

「そろそろ時間ね」

彼女をこの世に縛《しば》るものは何もなくなった。封印《ふういん》は解かれ、魔神でもなくなった彼女の魂は、天へと昇《のぼ》る。

「後悔はないわ。おかげさまでね」

「そうか」

「ええ、でも一つ、忠告してあげる。メイアナに」

「私に？」

ダチュラは私の心臓を指さす。

「あなたは優《すぐ》れたルーン魔術師よ。それに、私に近いものを持っている」

「それは……」

「あなたも感情に影響《えいきょう》されやすいという意味よ。私ほどじゃないけど、いつか同じように高い感受性を手に入れるかもしれない。たくさんの感情が無秩序《むちつじょ》に、あなたに襲い掛《か》かるかもしれない。そうなったら……」

「私が、魔神になるかもしれない？」

「ええ。だから、心を強くしなさい。辛いことより、楽しいことを多く考えなさい。なんて、私が言えたことじゃないわね」

申し訳なさそうに視線を逸《そ》らすダチュラに、私はゆっくり首を振って言う。

「いえ、ありがとうございます」

「……本当に変な子」

彼女は呆れたように笑い、アレクトスに視線を向ける。

「アレクトス、彼女が魔神にならないように、あなたが支えてあげなさい」

「言われなくとも、そのつもりだ」

「そう？　じゃあ、心配はいらないわね」

ダチュラは笑う。無邪気《むじゃき》に、子供のように、何もかも……柵《さく》から解放されて、自由になったように踊《おど》り始める。

「ああ、やっと……」

光は強まり、粒子《りゅうし》になって天へと昇る。

「救われるわ」

こうして彼女は消えた。四千年も続いた孤独《こどく》な戦いは、最後に満たされる形で終結した。

一件落着、と、言ってもいいだろう。

「終わりましたね」

「ああ」

「戻りましょうか？　私たちも」

「そうだな。ただ、その前に伝えたいことがあるんだ。メイアナに」

殿下《でんか》はそっと私の手を握《にぎ》った。そのまま向かい合うように手を引き、瞳《ひとみ》を見つめる。

「君のルーンを通して、君の心も見えた」

「え……」

「ごめん。もう知っているんだ。君の気持ちは」

「――！　あ、えっと……」

咄嗟に用意したルーンに全部を込めたから、私の気持ちが残っていたのだろう。私の、殿下を想う気持ちが。

恥《は》ずかしさで手を離《はな》そうとしたけど、殿下が離さない。ぎゅっと、より強く握ってくる。

「で、殿下？」

「知った上で告げるのは卑怯《ひきょう》だと思うよ。でも、伝えたい。俺も……君のことが好きだ。君を……大切に思っている」

「――――！」

シオン君たちが見守る中で、殿下は私に想いを告げた。顔が赤くなったのがわかる。私も、殿下もだ。

「こんな気持ちになったのは、君が初めてだ」

「殿下……」

「シズリとしてじゃない。今の俺、アレクトスとして、君と一緒にいたいと思う。これから先も、俺の隣《となり》にいてほしい。俺が君の隣にいたい」

ルーン魔術の起源は、願いを叶える力だった。私には、願いを叶えるなんて大それた力はない。それでも……。

「私も……大好きです。殿下のこと」

願いは叶うと、信じ続ければいいのかもしれない。

こうして手と手が触れ、大切な想いが通じ合ったように。奇跡でもいい。夢ではない確かな感覚を胸に、私たちは見つめ合う。

告白はルーン魔術に似ている。

私たちは今日……互《たが》いの胸に、名前を刻んだ。

あとがき

読者の皆様、またお会いできて光栄です、日之影ソラです。まずは第一巻に引き続き、本作を手に取ってくださった方々への感謝を申し上げます。

ついに物語も秘密が隠された遺跡探索に移り、仲間たちと共に大冒険を繰り広げながら、様々な思いや願いに気づいていく第二巻！

少しでも楽しんで頂けたなら幸いでございます。がうがうモンスター様にて、コミカライズ版も連載中ですので、もしよければ一緒にご覧くださいませ！

最後に、一巻から素敵なイラストを描いてくださった眠介先生を始め、書籍化作業に根気強く付き合ってくださった編集部のＳさん。ＷＥＢから読んでくださっている読者の方々など。本作に関わってくださった全ての方々に、今一度最上の感謝をお送りいたします。

それでは機会があれば、またどこかのあとがきでお会いしましょう！

HJ NOVELS
HJN78-02

ルーン魔術だけが取り柄の不憫令嬢、天才王子に溺愛される 2

～婚約者、仕事、成果もすべて姉に横取りされた地味な妹ですが、ある日突然立場が逆転しちゃいました～

2024年4月19日　初版発行

著者——日之影ソラ

発行者—松下大介

発行所—株式会社ホビージャパン

〒151-0053
東京都渋谷区代々木2-15-8
電話　03(5304)7604（編集）
　　　03(5304)9112（営業）

印刷所——大日本印刷株式会社

装丁——coil／株式会社エストール

定価はカバーに明記してあります。

Printed in Japan

ISBN978-4-7986-3506-4　C0076